suhrkamp taschenbuch 1338

Arkadi (geb. 1925) und *Boris* (geb. 1933) *Strugatzki* sind die führenden sowjetischen SF-Autoren. Arkadi absolvierte die Hochschule für Fremdsprachen in Moskau und arbeitete am Institut für Information als Übersetzer für Englisch und Japanisch und war auch Verlagslektor; Boris studierte Astronomie in Leningrad und arbeitete als Astronom an der Sternwarte Pulkovo. Seit 1964 sind beide freie Schriftsteller, Boris in Leningrad, Arkadi in Moskau. Die Werke der beiden Brüder zählen zur Spitze der Welt-SF. Viele ihrer Erzählungen wurden verfilmt, am bekanntesten ist unzweifelhaft Andrej Tarkowskis *Stalker*, nach ihrem *Picknick am Wegesrand.* Andere Filme, wie der vom *Hotel ›Zum verunglückten Bergsteiger‹*, sind kaum über die Sowjetunion hinausgekommen. Einer ihrer besten Romane, *Es ist nicht leicht, ein Gott zu sein* (1964), wird derzeit in einer deutsch-sowjetischen Gemeinschaftsproduktion verfilmt. Die meisten Bücher der Strugatzkis liegen in der »Phantastischen Bibliothek« vor, darunter *Picknick am Wegesrand* (st 670), *Die zweite Invasion der Marsianer* (st 1081), *Die Schnecke am Hang* (st 434), *Ein Käfer im Ameisenhaufen* (st 1160) und *Die häßlichen Schwäne* (st 1275).

Drückende Hitze lastet über der modernen Hochhaussiedlung in Leningrad, in der vornehmlich Wissenschaftler wohnen. An Forschungsarbeit ist kaum noch zu denken.

Da passieren seltsame Dinge, die keine Erklärung finden. Eine schöne junge Frau taucht auf und verschwindet spurlos wieder; dann begeht einer der führenden Rüstungsforscher Selbstmord. Bei dem Biologen Waingarten taucht ein rothaariger Gnom auf, der das Ultimatum einer »Superzivilisation« überbringt, sofort alle Forschungsarbeiten einzustellen und alle Unterlagen zu vernichten. Man steht vor einem Rätsel. Ist es die Natur selbst, die sich auf ganz »unnatürliche« Weise zur Wehr setzt?

Eine Milliarde Jahre vor dem Weltuntergang ist eine hochinteressante, zuweilen brisante Allegorie über die Grenzen des Fortschritts, die durch den Niedergang des wissenschaftlichen Ethos gesetzt werden.

Arkadi und Boris Strugatzki
Eine Milliarde Jahre vor dem Weltuntergang

Phantastische Bibliothek
Band 186

Suhrkamp

Redaktion und Beratung: Franz Rottensteiner
Titel der Originalausgabe:
SA MILLIARD LET DO KONZA SWETA
Deutsche Übersetzung von Welta Ehlert
Umschlagmotiv: Tom Breuer

suhrkamp taschenbuch 1338
Erste Auflage 1986

Satz und Druck: Ebner Ulm
Printed in Germany
Umschlag nach Entwürfen von
Willy Fleckhaus und Rolf Staudt

1 2 3 4 5 6 – 91 90 89 88 87 86

Eine Milliarde Jahre vor dem Weltuntergang

Erstes Kapitel

1

...weiße Juliglut, wie es sie seit zweihundert Jahren nicht mehr gegeben hatte, peinigte die Stadt. Über den erhitzten Dächern flimmerte es, alle Fenster standen sperrangelweit offen, und die Muttchen auf den Bänken vor den Haustoren schwitzten sich im kümmerlichen Schatten der abgekämpften Bäume die Seele aus dem Leib.

Die Sonne überschritt den Meridian und durchglühte die vielgeplagten Buchrücken, knallte auf die verglasten Regale und polierten Schranktüren, und heiße, bösartige Reflexe gleißten auf den Tapeten. Immer näher rückte die quälende Nachmittagshitze, und nicht mehr fern war die Stunde, wo die rasende Sonne über dem gegenüberliegenden zwölfgeschossigen Punkthaus Stellung beziehen und ungehindert die ganze Wohnung befeuern würde.

Maljanow schloß beide Fensterflügel und zog die schwere gelbe Gardine zu. Lüpfte die Turnhose und tapste barfuß in die Küche, wo er die Balkontür öffnete.

Es war kurz nach zwei.

Auf dem Küchentisch prangte, von Bröseln umrahmt, ein Stillleben: Pfanne mit angebackenem Spiegeleirand, Teeglas mit Rest und angeknabberter Brotranft mit Spuren zerlaufener Butter. Im Spülbecken türmte sich schmutziges Geschirr. Abgewaschen war ewig nicht.

Ein Dielenbrett knarrte, und völlig durchgedreht vor Hitze tauchte Kaljam auf, fixierte Maljanow mit grünäugigem Blick, öffnete und schloß lautlos den Mund. Ging schwanzzuckend weiter, zu seinem Futternapf unter dem Herd. Der Napf war leer – wenn man von ein paar trockenen Fischgräten absah.

»Fressen, was«, sagte Maljanow, wenig erbaut.

Kaljams Antwort kam prompt und lautete sinngemäß: Ja-a, wird langsam Zeit.

»Hast doch heute früh was gekriegt«, knurrte Maljanow, sich vor den Kühlschrank hockend. »Das heißt, nein... Gestern früh.«

Er zog Kaljams Topf vor, spähte rein: ein paar Fasern, Gallert und eine angeklebte Fischflosse. Was der Kühlschrank sonst noch bot, war auch nicht üppiger. Eine leere Schachtel vom Schmelzkäse, Marke »Bernstein«, eine greuliche Flasche mit halbvergammeltem Kefir und eine Weinflasche mit kaltem Tee. Im Gemüsefach siechte, in Zwiebelschalen gebettet, ein faustgroßer, verschrumpelter halber Kohlkopf dahin und erlosch, einsam und verachtet, eine angekeimte Kartoffel. Maljanow sah im Tiefkühlfach nach: Auf einer Untertasse, völlig in Rauhreif vergraben, hielt ein winziges Stück Speck seinen Winterschlaf. Das war alles.

Kaljam schnurrte und rieb seinen Bart an Maljanows nacktem Knie.

Maljanow klappte den Kühlschrank zu und stand auf.

»Tröste dich«, sagte er zu Kaljam. »Jetzt ist sowieso überall Mittagspause.«

Natürlich hätte er zum Moskowski gehen können, wo von eins bis zwei Mittagspause war, aber dort standen ewig Schlangen, und bei der Hitze so weit laufen... Und gerade jetzt, wo er auf dieses lausige Integral gestoßen war! Na gut, mag es eine Konstante sein – von Omega hängt es jedenfalls nicht ab. Ist doch klar. Kann gar nicht davon abhängen, wie sich aus allgemeinen Überlegungen ergibt. Maljanow stellte sich diese Kugel vor und die Integration über ihre Oberfläche. Plötzlich war die Shukowskische Formel da. Einfach so, aus heiterem Himmel. Maljanow verscheuchte sie, aber sie kam wieder. Mit konformer Abbildung müßte man es versuchen, dachte er.

Wieder klingelte das Telefon. Da erst merkte Maljanow, daß er ins Zimmer zurückgekehrt war. Fluchend warf er sich seitlings auf die Liege und angelte den Hörer.

»Ja bitte!«

»Vitja?« meldete sich eine energische Frauenstimme.

»Wen wollen Sie sprechen?«

»Ist dort der ›Intourist‹?«

»Nein, ein Privatanschluß!«

Maljanow knallte den Hörer auf die Gabel und blieb reglos liegen. Wo seine nackte Haut auf dem flauschigen Bezug lag, brach ihm der Schweiß aus. Widerlich. Die gelbe Gardine fluoreszierte, schweres gelbes Licht erfüllte den Raum. Eine Luft – wie Sirup. In Bobkas Zimmer müßte man umziehen, jawohl! Die reinste Sauna hier. Er blickte auf seinen Schreibtisch: haufenweise Papier und Bücher. Allein der Smirnow, Wladimir Iwanowitsch – sechs Bände! Und dann noch die Bogen, die auf dem Fußboden rumlagen. Schon der Gedanke an einen Umzug war schrecklich. Halt, ich hatte doch eben einen Geistesblitz ... Scheiße ... Die mit ihrem »Intourist«, die blöde Kuh! Also, ich war in der Küche, kam hierher ... Aha! Die konforme Abbildung! Verrückt, der Einfall! Aber man muß ihn prüfen ...

Ächzend erhob er sich von der Liege, doch sofort meldete sich wieder das Telefon.

»Idiot!« sagte er zum Apparat und nahm den Hörer ab. »Ja!«

»Ist dort der Stützpunkt? Hallo – ist dort der Stützpunkt?«

Maljanow legte auf und rief die Störungsstelle an.

»Spreche ich mit der Störungsstelle? Meine Nummer: dreiundneunzig, neun, acht, null, sieben ... Hören Sie, ich habe Sie schon gestern angerufen. Dabei kann doch kein Mensch arbeiten, dauernd klingelt es und ...«

»Ihre Nummer?« unterbrach ihn eine barsche Frauenstimme.

»Dreiundneunzig, neun, acht, null, sieben. Dauernd wollen die Leute den ›Intourist‹ oder die Garage oder ...«

»Legen Sie auf, wir prüfen den Anschluß.«

»Ja, ich bitte darum«, sagte Maljanow devot, doch bereits zum Amtszeichen.

Dann ging er – patsch, patsch – an den Tisch, setzte sich und nahm den Kuli. Also ... Das Integralchen – wo hab ich das schon mal gesehen? So schön gebaut, vollkommen symmetrisch. Wo habe ich das gesehen? Und nicht irgendeine Konstante, sondern einfach die Null! Na schön, lassen wir die erst mal beiseite. Obwohl ich das gar nicht mag – etwas beiseite zu lassen. Setzt einem ständig zu, wie ein kaputter Zahn.

Er sah die Bogen mit den gestrigen Besprechungen durch. Und erschauerte plötzlich vor Wonne. Heureka! Das ist doch was. Mensch, Maljanow! Bist ein As! Endlich hast du es hingekriegt, wie es scheint. Und gleich richtig! Das ist nicht bloß eine Routinearbeit, das hat vor dir noch keiner gemacht, Freundchen! Unberufen, toi, toi, toi. Das Integral ... Zum Teufel damit – weiter im Text, immer weiter!

Es klingelte. Diesmal an der Tür. Kaljam sprang von der Liege, rannte mit aufgestelltem Schwanz in den Flur. Maljanow legte mit Bedacht den Kuli hin.

»Wie im Irrenhaus«, zischte er.

Im Flur zog Kaljam ungeduldig Kreise, kam ihm zwischen die Beine, miaute laut.

»Ka-al-jam!« sagte Maljanow, mühsam seine Wut zügelnd. »Geh weg, Kaljam!«

Er ging und öffnete. Draußen stand ein unansehnlicher Kerl in fipsigem Jäckchen von unbestimmter Farbe, unrasiert und verschwitzt. Leicht hintenübergeneigt, hielt er einen großen Pappkarton vor dem Bauch. Er brubbelte etwas Unverständliches und steuerte direkt auf Maljanow zu. »Sie... äh...«, stammelte Maljanow zurückweichend.

Schon war der Fremde im Flur, warf einen Blick nach rechts, zum Zimmer, und bog entschlossen nach links, in die Küche, weiße Staubstapfen auf dem Linoleum hinterlassend.

»Erlauben Sie mal... äh...«, lallte Maljanow, der ihm auf die Fersen trat.

Doch der Mann hatte den Karton bereits auf den Hocker gestellt und fingerte aus der Brusttasche einen Stapel Quittungen.

»Vom Reparaturstützpunkt, was?« Womöglich der Klempner, der endlich den Wasserhahn im Bad reparieren kam?«

»Nein, von der Feinkosthandlung«, krächzte der Fremde und reichte Maljanow zwei Quittungen, die mit einer Stecknadel zusammengeheftet waren. »Unterschreiben Sie – hier.«

»Was ist das denn?« fragte Maljanow, sah aber auch schon, daß es ein Schein vom Bestelldienst war. Kognak – zwei Flaschen, Wodka... »Halt, halt«, sagte er, »meines Wissens haben wir nichts...«

Da fiel sein Blick auf die Summe. Ach du heiliger Schreck! So viel Geld hatte er nicht im Haus. Und überhaupt – wie kam er dazu? Seine von Panik erfaßte Phantasie malte ihm sofort eine ganze Kette aller möglichen Scherereien aus, zum Beispiel die Notwendigkeit, sich zu rechtfertigen, sich zu verwahren, das Gegenteil zu beweisen, an den gesunden Menschenverstand zu appellieren... Er müßte sich ans Telefon hängen, rumfahren... Doch da entdeckte er in einer Ecke der Quittung den Stempel »Bezahlt« und gleich daneben den Namen des Bestellers: Maljanowa, I.J.Irka!... Nicht zu fassen.

»Hier müssen Sie unterschreiben, hier«, brummte der Mann und stupste einen Finger mit Trauerrand aufs Papier. »Wo das Häkchen ist...«

Maljanow ließ sich von ihm den Bleistiftstummel geben und quittierte.

»Danke«, sagte er und reichte den Stummel zurück. »Vielen Dank«, wiederholte er benommen, während er sich zusammen mit dem Fremden durch den engen Flur zwängte. Er hätte ihm was zustecken sollen, hatte aber kein Kleingeld da. »Vielen herzlichen Dank, auf Wiedersehen!« rief er hinter dem fipsigen Jäckchen her und trat erbost nach Kaljam, der partout den Zementfußboden auf dem Treppenabsatz lecken wollte.

Dann schloß Maljanow die Tür und stand ein Weilchen im Halbdämmer des Flurs. Er war völlig durcheinander.

»Komisch«, sagte er und kehrte in die Küche zurück.

Kaljam strich bereits um den Karton. Maljanow hob den Deckel und erblickte Flaschenhälse, Päckchen, Tüten, Konservenbüchsen. Auf dem Tisch lag die Kopie der Quittung. Tja. Die Kopie war wie üblich verrutscht, dennoch gut leserlich. Heldenstraße... Hm... Schien alles seine Richtigkeit zu haben. Besteller: Maljanowa, I. J. Das war vielleicht ein Gruß – na, ich danke! Er sah auf die Summe. Heller Wahnsinn! Drehte die Quittung um. Auf der Rückseite – nichts von Belang, bloß eine zerquetschte Mücke, angetrocknet. Hat Irka den Verstand verloren! Wir haben Schulden, fünfhundert Rubel... Moment mal – vielleicht hat sie was gesagt, vor der Abreise? Er ging in Gedanken den Abreisetag durch: aufgeklappte Koffer, rumliegende Kleider, Irka, halbnackt, hantiert mit dem Bügeleisen... »Vergiß nicht, Kaljam zu füttern, hol ihm Gras, du weißt, das scharfe... Denk an die Miete... Wenn mein Chef anruft, gib ihm meine Adresse!« Mehr hat sie wohl nicht gesagt. Das heißt, doch – aber da kam Bobka mit seinem MG angerannt... Ach ja – die Wäsche wegbringen... Nein, ich kapier das nicht.

Ganz vorsichtig zog er eine Flasche aus dem Karton. Kognak. Großer Gott – fünfzehn Rubel! Was soll das bloß – hab ich heut Geburtstag oder was? Wann ist Irka fort? Donnerstag, Mittwoch, Dienstag... Er bog die Finger um. Aha – vor zehn Tagen. Bestellt hat sie es also vorher. Wieder jemand angepumpt und bestellt. Das nennt sich Überraschung. Wir sitzen mit fünfhundert in der Kreide, und sie heckt Überraschungen aus!... Klar war nur eins: Das Einkaufen blieb ihm erspart. Alles übrige war mysteriös. Geburtstag? Nein. Hochzeitstag? Wohl kaum. Nein, ganz bestimmt nicht. Bobkas Geburtstag? Der ist im Winter.

Er zählte die Flaschenköpfe. Genau zehn. Für wen sind die berechnet? Ich schaff das kaum in einem Jahr. Auch Wetscherowski trinkt selten, und Valka Waingarten, den kann sie nicht ausstehen.

Ohrenzerreißendes Gemaunze ertönte. Kaljam witterte was – in besagtem Karton...

2

... Lachs im eigenen Saft und ein Stück Schinken mit altbackenem Brot. Dann machte er sich an den Abwasch. Wenn man im Kühlschrank solchen Luxus hat, stört einen der Schmutz in der Küche dann doch. Inzwischen klingelte zweimal das Telefon, aber Maljanow schob bloß den Unterkiefer vor. Ich geh nicht ran, ihr könnt mich mal – mit euren Garagen und Stützpunkten! Die Pfanne muß auch geschrubbt werden, die wird jetzt weit höheren Zwecken dienen als einem lumpigen Spiegelei... Wo liegt er im Pfeffer, der Hase? Wenn das Integral tatsächlich gleich Null ist, bleiben auf der rechten Seite nur der erste und der zweite Differentialquotient... Den physikalischen Sinn seh ich hier nicht ganz, aber egal – ich hab sie am Wickel, diese Blasen. Ja, so will ich sie nennen: Blasen. Nein, besser ist wohl »Kavernen«. »Maljanow-Kavernen.« »M-Kavernen.« Hm...

Er stellte das abgewaschene Geschirr in die Regale und sah nach Kaljams Topf. Noch zu heiß, dampft. Armes Katervieh. Mußt dich noch gedulden. Noch ein Weilchen Kohldampf schieben...

Er trocknete sich gerade die Hände ab, als ihm plötzlich eine Erleuchtung kam.

Genau wie gestern.

Und wie gestern konnte er es anfangs nicht fassen.

»Moment mal, Moment«, flüsterte er aufgeregt, und schon trugen ihn die Beine durch den Flur, über das kühle Linoleum, das an den Fersen klebte, in die dicke, gelbe Hitze hinein, zum Tisch, zu seinem Kuli... Verflixt, wo ist denn der hin? Die Mine ist alle! Irgendwo muß doch ein Bleistift liegen... Und zugleich, auf der zweiten Ebene, nein, auf der ersten, auf der Hauptebene: die Hartwigsche Funktion... Und die ganze rechte Seite ist einfach futsch... Die Kavernen erweisen sich als achsensymmetrisch... Und das Integralchen ist gar keine Null! Das heißt, es ist so wenig eine Null, mein Integralchen, daß die Größe eigentlich überhaupt positiv ist... Aber was für ein Bild, ach, was für ein Bild ergibt das!

Wieso bin ich nicht gleich draufgekommen? Tröste dich, Maljanow, tröste dich, Bruderherz: Nicht bloß du allein – das Akademiemitglied, der Professor, der ist auch nicht draufgekommen... In gelbem, leicht gekrümmtem Raum rotieren langsam, gigantischen Blasen gleich, achsensymmetrische Kavernen, die Materie umfließt sie, sucht vergebens in sie einzudringen, komprimiert sich an ihrer Oberfläche zu unwahrscheinlicher Dichte, und die Blasen beginnen zu leuchten. Gott allein weiß, womit es begonnen hat. Macht nichts, auch das kriegen wir raus. Die Faserstruktur – ruck!, die Ragosinski-Bogen – zuck! Und dann sind die Planetennebel dran. Was habt denn ihr gedacht, Leutchen? Daß es abgeworfene Hüllen sind, die sich ausweiten? Keine Spur! Genau umgekehrt!

Wieder schrillte das verdammte Telefon. Maljanow fauchte haßerfüllt, schrieb jedoch weiter. Gleich würg ich's ab, das Teufelsding! Da ist doch so ein Schalter... Er warf sich auf die Liege und packte wütend den Hörer.

»Ja doch!«

»Dima?«

»Ja... Wer ist da?«

»Erkennst du mich nicht, du Hund?« Es war Waingarten.

»Ah, Valka. Was ist?«

Pause.

»Warum gehst du nicht ans Telefon?« fragte Waingarten dann.

»Weil ich arbeite!« sagte Maljanow ergrimmt. Er war sehr unfreundlich. Es zog ihn an den Schreibtisch zurück, zu seinem Bild mit den Blasen.

»Du arbeitest...« Waingarten schnaufte. »Zimmerst an deinem Ruhm...«

»Was ist, willst du herkommen?«

»Nein, das nicht, aber...«

Da platzte Maljanow der Kragen.

»Was willst du also?«

»Hör mal, Alter... Womit beschäftigst du dich grade?«

»Ich arbeite! Sitzt du auf den Ohren?«

»Nicht doch... Ich meine: Woran arbeitest du?«

Maljanow war perplex. Fünfundzwanzig Jahre kannte er Waingarten, aber noch nie hatte sich der für seine, Maljanows, Arbeit interessiert. Seit jeher fand Waingarten nur Waingarten interessant. Und zwei geheimnisumwobene Dinge: das Zwanzigkopekenstück von 1934 und den sogenannten »Konsulhalbrubel«, der nicht mal ein Halbrubel war, sondern irgend so eine ausgefallene Briefmarke. Hat Langeweile, der Lump. Der Quatschkopf. Oder braucht er ein Ausweichquartier, daß er so rumdruckst? Da fiel ihm Awertschenko ein.

»Woran ich arbeite?« wiederholte er schadenfroh. »Bitte – sollst du gleich hören, bis in alle Einzelheiten. Dich als Biologen reißt es bestimmt vom Stuhl. Gestern früh bin ich endlich vom toten Punkt runter. Es stellt sich heraus, unter sehr allgemeinen Voraussetzungen für die Potentialfunktion haben meine Bewegungsgleichungen noch ein weiteres Integral, außer dem Energieintegral und den Momentenintegralen. Das Ergebnis ist so etwas wie eine Verallgemeinerung eines speziellen Dreikörperproblems. Schreibt man die Bewegungsgleichung in Vektorform und wendet die Hartwigschen Transformationen an, so wird damit die Integration über die Oberfläche ausgeführt, und das ganze Problem läuft auf die Lösung von Integrodifferentialgleichungen vom Kolmogorow-Fellerschen Typ hinaus...«

Zu seinem größten Erstaunen unterbrach Waingarten ihn nicht. Für einen Augenblick glaubte Maljanow sogar, man hätte sie getrennt. »Hörst du mir zu?«

»Ja, ja, sehr aufmerksam.«

»Sag bloß, du verstehst mich?«

»Ich geb mir Mühe«, erwiderte Waingarten betont forsch, und da erst fiel Maljanow auf, wie seltsam Waingartens Stimme klang. Er bekam einen Schreck.

»Valka, ist was passiert?«

»Wo?« fragte Waingarten, abermals nach einer Pause.

»Na bei dir – wo denn sonst? Ich merk doch, du bist irgendwie... Sag mal, kannst du nicht frei sprechen?«

»Aber wieso denn, Alter. Genug, lassen wir den Schmonzes. Die Hitze macht einen kaputt. Kennst du den Witz von den zwei Hähnen?«

»Nein, erzähl mal!«

Waingarten erzählte den Witz von den zwei Hähnen – er war saublöd, aber urkomisch. Irgendwie paßte er so gar nicht zu Waingarten. Maljanow hörte natürlich zu, und als es soweit war, prustete er los, aber der Witz bestärkte ihn noch in dem dunklen Gefühl, daß mit Waingarten etwas nicht stimmte. Wohl wieder mal mit Swetka verkracht, dachte er, nicht sehr überzeugt. Wieder mal ein paar Federn gelassen.

Doch da fragte Waingarten: »Hör mal, Dima... Der Name Snegowoi – sagt dir der was?«

»Snegowoi? Arnold Palytsch? So heißt mein Nachbar, von nebenan... Wieso?«

Eine Weile schwieg Waingarten. Schnaufte nicht mal mehr. Aus dem Hörer drang nur leises Geklimper – sicher warf er in der Hand seine gesammelten Zwanzigkopekenstücke hoch.

Schließlich sagte er: »Und womit befaßt er sich – dein Snegowoi?«

»Ich glaub, er ist Physiker. Arbeitet in einem dieser Kästen. Supergeheim. Woher kennst du ihn?«

»Ich kenn ihn doch gar nicht«, erwiderte Waingarten, merkwürdig verstimmt – doch da klingelte es an der Tür.

»Nein, wirklich – wie im Irrenhaus!« sagte Maljanow. »Einen Moment, Valka, an der Tür klingelt's Sturm.«

Waingarten sagte ja, rief noch etwas, aber Maljanow hatte den Hörer bereits auf die Liege geworfen und eilte in den Flur. Natürlich rannte ihm wieder Kaljam vor die Füße, und um ein Haar wäre er hingesegelt.

Er öffnete die Tür – und trat sofort einen Schritt zurück. Draußen stand eine junge Dame in weißem Minisarafan, ganz braungebrannt, mit kurzem, sonnengebleichtem Haar. Eine Fremde. Und hübsch. (Maljanow wurde sich gleich bewußt, daß er bloß Turnhosen anhatte und sein Bauch naßgeschwitzt war.) Zu ihren Füßen sah er einen Koffer, über dem linken Arm trug sie einen Staubmantel.

»Dmitri Alexejewitsch?« fragte sie mit schüchternem Augenaufschlag.

»Ja-a...«, sagte Maljanow. Ob es die Kusine um drei Ecken war? Die Sina aus Omsk?

»Entschuldigen Sie, Dmitri Alexejewitsch... Ich komme wohl ungelegen... Hier, bitte.«

Sie reichte ihm ein Kuvert. Maljanow nahm es wortlos entgegen und förderte einen Zettel zutage. In seiner Seele brodelten schreckliche Gefühle gegen sämtliche Verwandten auf der Welt, besonders gegen diese Sina – oder Soja? – dritten Grades.

Aber es war gar nicht die Kusine dritten Grades. Der Zettel kam von Irka. In großen Krakeln, krumm und schief, sichtlich in Eile geschrieben, stand da: »Dimkaherz! Das ist Lidka Ponomarjowa, m. beste Schulfreundin. Ich erz. Dir später v. ihr. Nimm sie anständ. auf, sie bl. nicht lange. Sei k. Flegel. Bei uns ist alles in Butt. Sie erz. Dir alles. Kuß. I.«

Maljanow stieß innerlich einen langen Verzweiflungsschrei aus, schloß und öffnete wieder die Augen. Doch seine Lippen formten sich bereits ganz von selbst zu einem freundlichen Lächeln.

»Sehr angenehm«, rief er familiär-ungezwungen. »Bitte, treten Sie näher, Lida ... Verzeihen Sie meinen Aufzug – die Hitze!«

Trotzdem: seine Liebenswürdigkeit klang wohl nicht ganz echt; denn auf Lidas hübschem Gesichtchen malte sich plötzlich Verwirrung, und sie blickte seltsam ratlos in den leeren, sonnendurchfluteten Treppenflur zurück – so als zweifle sie, ob sie hier richtig sei.

»Darf ich Ihren Koffer ...«, stammelte Maljanow beflissen. »Immer nur herein, genieren Sie sich nicht. Den Mantel hängen wir hier auf. Das ist unser Wohnzimmer, dort arbeite ich, und das hier, das ist Bobkas Zimmer. Es steht zu Ihrer Verfügung. Sie möchten sicher duschen?«

Da vernahm er ein näselndes Gequake – es kam von der Liege.

»Pardon!« rief er. »Machen Sie es sich bitte bequem, ich bin gleich wieder da.«

Er drückte die Muschel ans Ohr und hörte, wie Waingarten monoton und mit völlig veränderter Stimme daherbrabbelte: »Dima ... Dima ... Antworte doch, Dima ...«

»Hallo!« meldete sich Maljanow. »Hör mal, Valka ...«

»Dima!« brüllte Waingarten. »Bist du es?«

Vor Schreck fuhr Maljanow zusammen.

»Was brüllst du so? Ich hab Besuch bekommen, entschuldige bitte. Ich ruf dich später an.«

»Wer? Was für ein Besuch?« fragte Waingarten mit schauerlicher Stimme.

Maljanow überlief es kalt. Valka war übergeschnappt. Ein Tag war das heute!

»Valka«, sagte er möglichst ruhig. »Was ist mit dir los? Eine junge Dame ist gekommen ... Irkas Freundin ...«

»Schweinehund!« zischte Waingarten plötzlich und hängte auf ...

Zweites Kapitel

3

... und sie vertauschte ihren Minisarafan gegen ein Miniröckchen und ein Miniblüschen. Man muß schon sagen – sie war ziemlich sexy. Von BHs schien sie nichts zu halten. Was sollte sie auch damit, sie kam ganz gut ohne aus. Jedenfalls hatte Maljanow den Eindruck. An die »M-Kavernen« dachte er nicht mehr.

Übrigens: alles blieb im Rahmen des Anstandes, wie bei der Hautevolee. Man saß da, plauderte, trank Tee, schwitzte. Sie nannte ihn bereits Dimotschka und er sie Lidotschka. Nach dem dritten Glas erzählte Dimotschka – natürlich ganz beiläufig – den Witz von den beiden Hähnen, und Lidotschka mußte schrecklich lachen und schwenkte genant ihr nacktes Ärmchen. Ihm fiel zwar ein, daß er Waingarten anrufen mußte (die Hähne erinnerten ihn daran), doch ans Telefon ging er nicht. Statt dessen sagte er zu Lidotschka:

»Wie schön braun Sie sind!«

»Und Sie sind bleich wie ein Engerling!« sagte Lidotschka.

»Ach ja, die Arbeit!«

»Bei uns im Pionierlager...«

Und Lidotschka berichtete ausführlich, doch sehr nett, wie es bei ihnen im Pionierlager mit dem Braunwerden bestellt war. Woraufhin Maljanow erzählte, wie man auf der Großen Antenne braun wird. Auf der Großen Antenne? Was ist da? Ach so, ja! Mit Vergnügen erklärte er es ihr. Sie streckte ihre langen braunen Beine aus und legte sie gekreuzt auf Bobkas Stühlchen – die seidenglatte Haut glänzte. Maljanow hatte sogar den Eindruck, daß sich auf ihren Beinen etwas spiegelte. Um sich abzulenken, stand er auf und nahm den kochenden Teekessel von der Flamme. Am Dampf verbrühte er sich die Finger, und bei der Gelegenheit, fiel ihm ein gewisser Mönch ein, der einen bestimmten Körperteil entweder ins Feuer oder in heißes Wasser gesteckt hatte, um dem Bösen zu entrinnen, das der Gegenwart einer schönen Frau entsprang – na, der hatte vielleicht Humor!

»Möchten Sie noch ein Gläschen?« fragte er Lidotschka.

Sie antwortete nicht, und er wandte sich um. Sie starrte ihn aus weit aufgerissenen, hellen Augen an, und der Ausdruck ihres von

Sonnenbräune schimmernden Gesichts entsprach so gar nicht der Situation: Sie wirkte verstört, ja, entsetzt, und ihr Mund war hilflos geöffnet.

»Soll ich?« fragte Maljanow verunsichert und schwenkte den Teekessel.

Lidotschka zuckte zusammen, blinzelte heftig und strich sich mit den Fingern über die Stirn.

»Was ist?«

»Ich fragte: Soll ich Ihnen noch Tee eingießen?«

»Nein, nicht. Schönen Dank...« Sie lachte, als sei nichts geschehen. »Sonst platze ich noch. Ich muß auf die Figur achten.«

»O ja!« sagte Maljanow überaus galant. »Auf so eine Figur muß man wirklich achten. Man sollte sie vielleicht sogar versichern.«

Sie lächelte leichthin, wandte den Kopf und blickte über die Schulter auf den Hof hinaus. Ihr Hals war schlank, glatt, allenfalls ein wenig hager. Und wieder hatte Maljanow einen Eindruck: daß ihr Hals für Küsse geschaffen war und die Schultern ebenfalls. Von dem übrigen ganz zu schweigen. Diese Circe, dachte er und setzte gleich hinzu: Damit es klar ist: Ich liebe meine Irka und bleibe ihr immer treu...

»Sonderbar«, sagte die Circe. »Mir ist, als hätte ich das alles schon mal wo gesehen: diese Küche, diesen Hof... Nur war auf dem Hof ein großer Baum... Passiert Ihnen so was auch?«

»Gewiß«, reagierte Maljanow erfreut. »Meiner Meinung nach passiert das jedem. Ich hab mal wo gelesen: So was nennt man Bekanntheitstäuschung.«

»Ja, möglich«, sagte sie, nicht sehr überzeugt.

Maljanow nippte von dem heißen Tee, bemüht, nicht zu schlürfen. Ihr zwangloses Geplauder war ins Stocken geraten, fuhr sich immer mehr fest.

»Haben wir uns nicht schon mal gesehen?« fragte sie unvermittelt.

»Wo? An Sie würde ich mich bestimmt erinnern...«

»Na zufällig vielleicht... Auf der Straße... Beim Tanzen...«

»Beim Tanzen? Nie im Leben«, widersprach Maljanow. »Ich weiß ja kaum noch, wie man das macht...«

Da war es endgültig aus, sie schwiegen so lange, daß Maljanow vor Verlegenheit die Zehen krümmte. Es war eine von diesen widerwärtigen Situationen, in denen man nicht weiß, wo man seine Augen lassen soll, während im Kopf wie Steine in einem Faß völlig ungeeignete und einfallslose Anknüpfungspunkte für neue Gesprächsthemen herumkollern. Etwas von der Art: »Unser Kaljam geht auf den Lokus...« Oder: »Dies Jahr gibt es überhaupt keine Tomaten...« Oder: »Möchten Sie noch Tee?« Oder gar: »Na, wie gefällt Ihnen unsere denkwürdige Stadt?«

Mit unerträglich falscher Stimme erkundigte sich Maljanow: »Na, und was für Pläne haben Sie in unserer denkwürdigen Stadt, Lidotschka?«

Sie gab keine Antwort. Sie starrte ihn nur aus runden Augen an, höchst verwundert, wie es schien. Dann sah sie zur Seite, legte die Stirn in Falten. Biß sich auf die Unterlippe. Maljanow hatte sich noch nie für einen guten Psychologen gehalten und wurde aus den Gefühlen seiner Mitmenschen selten schlau. Aber diesmal erkannte er messerscharf, daß seine harmlose Frage das reizende Wesen entschieden überforderte.

»Pläne?« hauchte Lidotschka. »Ja-a... Natürlich... Aber gewiß doch.« Plötzlich schien sie sich zu erinnern. »Na die Ermitage natürlich... Die Impressionisten... Der Newski... Und überhaupt: Die weißen Nächte, die hab ich auch noch nie erlebt.«

»Also ein kleines Touristenprogramm«, sagte er rasch, um ihr zu helfen. Er mochte es nicht mit ansehen, wenn jemand zu lügen genötigt war. »Trinken Sie doch noch etwas Tee«, bat er.

Und wieder lachte sie, als sei nichts passiert.

»Dimotschka«, sagte sie und machte ein ganz liebes Schmollmündchen. »Was quälen Sie mich dauernd mit Ihrem Tee? Wenn Sie es genau wissen wollen: Sonst trink ich diesen Ihren Tee überhaupt nie... Und schon gar nicht bei so einer Hitze!«

»Kaffee?« fragte Maljanow zuvorkommend.

Aber Kaffee wollte sie erst recht nicht. Wenn es so heiß ist und dazu noch am Abend, soll man keinen Kaffee trinken. Maljanow erzählte ihr, wie er sich auf Kuba nur mit Kaffee über die Runden gerettet hatte, und dort herrscht doch tropische Hitze. Er sprach zu ihr über die Wirkung des Koffeins auf das vegetative Nervensystem und irgendwie kam er darauf, daß es auf Kuba als schick gilt, wenn unter dem Miniröckchen der Slip hervorguckt, und manchmal...

4

...dann schenkte er noch mal die Römer voll. Sie kamen auf die Idee, Brüderschaft zu trinken. Ohne Kuß. Intelligente Leute brauchen sich nicht zu küssen! Da geht es mehr um Seelenharmonie. Sie tranken Brüderschaft, redeten über Seelenharmonie, neue Methoden der Geburtshilfe und den Unterschied zwischen Mut, Tapferkeit und Kühnheit. Der Riesling war alle. Maljanow stellte die leere Flasche auf den Balkon und holte aus der Bar den Cabernet. Den Cabernet beschlossen sie aus Irkas Lieblingsgläsern, den Rauchglaspokalen, zu trinken, die sie zuvor mit Eis füllten. Zu dem Gespräch über Weiblichkeit, das aus dem Gespräch über Mannesmut erwuchs, paßte eisgekühlter Rotwein besonders gut. Was für Esel wohl ausgedacht haben, daß man Rotwein nicht kühlen darf? Die Frage wurde erörtert. Eisgekühlt schmeckt er doch grade – oder nicht? Natürlich – und wie! Übrigens werden Frauen, die eisgekühlten Rotwein trinken, besonders hübsch. Irgendwo sehen sie wie Hexen aus. Wo denn? Na eben irgendwo. Ein schönes Wort – »irgendwo«. Irgendwo sind Sie ein Schwein. Göttlich, dieser Ausdruck. Aber zurück zu den Hexen... Was meinst du – was ist die Ehe? Eine wahre Ehe. Eine intellektuelle Ehe. Ein Vertrag ist das. Maljanow goß nach und führte den Gedanken aus. In der Richtung, daß Mann und Frau vor allem Freunde sind, denen nichts über die Freundschaft geht. Ehrlichkeit und Freundschaft. Ehe ist Freundschaft. Ein Freundschaftsvertrag, verstehst du?... Dabei hielt er die Hand auf Lidotschkas Knie und schüttelte es – zur Bekräftigung. Nimm doch bloß Irka und mich. Du kennst Irka...

Es klingelte an der Tür.

»Wer kommt denn da noch?« staunte Maljanow mit einem Blick auf die Uhr. »Wir sind doch alle beisammen!«

Es war schon fast zehn. »Ja, ja, wir haben sie noch alle beisammen«, brabbelte er, während er aufmachen ging. Im Flur trat er wieder mal auf Kaljam – natürlich! Der schrie.

»Pfui – heb dich fort, Satan!« sagte Maljanow zu ihm und öffnete die Tür.

Es war der Nachbar, der ihn beehrte. Der supergeheime Snegowoi, Arnold Palytsch.

»Darf ich noch – so spät?« tönte sein Baß von der Decke. Der

Mann war ein Riese, massig wie ein Berg. Der grauhäuptige Elbrus.

»Arnold Palytsch!« rief Maljanow emphatisch.

»Spät – das gibt es doch für Freunde nicht! Bitt-tte sehr bitte!«

Die Emphase bremste Snegowoi, doch Maljanow packte ihn am Ärmel und zog ihn in den Flur.

»Sie kommen wie gerufen«, sagte er, den Nachbarn hinter sich her zerrend. »Ich stell Ihnen eine schöne Frau vor!« versprach er und bugsierte Snegowoi in die Küche. »Lidotschka, das ist Arnold Palytsch!« verkündete er. »Gleich hol ich noch ein Glas... Und ein Fläschchen.«

Offen gesagt, flimmerte es ihm bereits ein wenig vor den Augen und noch offener gesagt: nicht nur ein wenig, sondern mächtig. Er hätte aufhören sollen zu trinken, er kannte sich. Aber er wünschte sehr, daß alles nett und herzlich verlief und sich jeder wohl fühlte. Ich will, daß sie einander gefallen, dachte er gerührt, an der geöffneten Hausbar hin und her torkelnd und in die gelbe Dämmerung stierend. Dem kann es doch schnurz sein, der ist frei un ledig. Ich hab ja Irka!... Er drohte mit dem Finger ins Leere und beugte sich zur Bar hinunter.

Gott sei Dank zerschlug er nichts.

Doch als er mit einer Flasche Stierblut und einem sauberen Glas ankam, mißfiel ihm die Stimmung in der Küche. Beide schwiegen und rauchten, ohne sich eines Blickes zu würdigen. Und ihre Gesichter erschienen Maljanow irgendwie dämonisch: das strahlendschöne, dämonische Gesicht Lidotschkas und das harte, dämonische Gesicht Snegowois, vom Grind alter Brandnarben entstellt.

»Warum sind der Freunde Stimmen verstummt?« rief Maljanow forsch. »Alles ist eitel auf dieser Welt. Köstlich ist nur der Genuß des menschlichen Umgangs!... Ich weiß nicht mehr, wer das gesagt hat.« Er machte die Flasche auf. »So laßt uns diesen Umgang kosten... äh... pflegen.«

Der Wein ergoß sich in Strömen, auch auf den Tisch. Snegowoi sprang auf, um seine weißen Hosen zu retten. Nein, er ist wirklich abnorm groß! In unserer raumsparenden Zeit darf es solche Leute nicht geben, dachte Maljanow. Notdürftig wischte er den Tisch ab, und Snegowoi setzte sich wieder auf den Hocker. Der Hocker knackte.

Vorläufig beschränkte sich der ganze Genuß des menschlichen Umgangs auf unartikulierte Ausrufe. O diese leidige intellektuelle

Verklemmtheit! Zwei so prächtige Menschen und bringen es nicht fertig, gleich ohne Umstände einander ihre Seelen zu öffnen, den andern ins Herz zu schließen, Freunde auf den ersten Blick zu werden.

Maljanow erhob sich und entwickelte das Thema des langen und breiten, wobei er das Glas in Ohrenhöhe hielt. Vergebens.

Sie leerten die Pokale. Wieder nichts. Lidotschka blickte gelangweilt aus dem Fenster. Snegowoi saß steif da und drehte das leere Glas zwischen seinen braunen Pranken auf dem Tisch. Zum erstenmal sah Maljanow, daß auch seine Arme Brandspuren aufwiesen – bis zum Ellbogen und sogar höher. Das inspirierte ihn zu der Frage: »Na, Arnold Palytsch, wann verschwinden Sie wieder?«

Snegowoi fuhr merklich zusammen, blickte ihn an, zog dann den Kopf ein und machte einen Buckel. Maljanow schien sogar, er wolle aufstehen, und da erst ging ihm auf, daß seine Frage, gelinde gesagt, zweideutig geklungen hatte.

»Arnold Palytsch!« rief er entsetzt und hob beschwörend die Hände. »Mein Gott, ich hab es doch nicht so gemeint! Lidotschka! Du mußt wissen: Vor dir sitzt ein durch und durch geheimnisvoller Mann. Von Zeit zu Zeit verschwindet er einfach. Er kommt, bringt den Wohnungsschlüssel – und weg ist er, wie vom Erdboden verschwunden. Plötzlich klingelt es – und er steht wieder da...« Maljanow merkte, daß er sich verplappert hatte, daß er zuviel redete, daß er von diesem Thema weg mußte. »Und überhaupt, Arnold Palytsch, Sie wissen doch sehr gut, daß ich Sie echt mag und mich immer über Ihren Besuch freue. So daß Sie frühestens erst in zwei Stunden verschwinden dürfen.«

»Aber natürlich, Dmitri Alexejewitsch«, ließ Snegowoi seinen Brummbaß vernehmen und tätschelte Maljanow die Schulter. »Gewiß doch, mein Lieber, gewiß...«

»Und das ist Lidotschka!« sagte Maljanow und stieß mit dem Finger in Lidotschkas Richtung. »Die beste Schulfreundin meiner Frau. Aus Odessa.«

Mit sichtlicher Überwindung wandte sich Snegowoi der jungen Dame zu und fragte: »Bleiben Sie lange in Leningrad?«

Ihre Antwort fiel ziemlich wohlwollend aus, und wieder fragte er etwas, anscheinend über die weißen Nächte.

Kurzum, so kamen die beiden doch noch in den köstlichen Genuß des menschlichen Umgangs, und Maljanow konnte Atem holen. Ne-e, liebe Leute, trinken darf ich nicht. So eine Blamage! Ich Schwafelfritze, ich blöder.

Ohne auch nur ein Wort mitzubekommen, starrte er in das schreckliche, vom Höllenfeuer zerfressene Gesicht Snegowois und rang mit Gewissensqualen. Als die Qualen überhandnahmen, stand er leise auf, tastete sich an der Wand entlang ins Badezimmer und schloß sich ein. Eine Weile saß er, von Verzweiflung umdüstert, auf dem Wannenrand, dann drehte er voll den Kaltwasserhahn auf und hielt stöhnend den Nacken drunter.

Als er erfrischt und mit nassem Kragen zu den beiden zurückkehrte, rang sich Snegowoi gerade den Witz von den zwei Hähnen ab. Lidotschka lachte schallend, mit zurückgeworfenem Kopf, und stellte ihr Kußhälschen zur Schau. Maljanow quittierte es mit einer gewissen Genugtuung, obwohl er Leute, die Höflichkeit zur Kunst erheben, im Grunde nicht mochte. Aber der Genuß menschlichen Umgangs forderte, wie jeder Genuß, seinen Tribut. Er wartete ab, bis Lidotschka zu Ende gelacht hatte, ergriff das fallende Panier und ließ eine Serie Astronomenwitze vom Stapel, die keiner der Anwesenden kennen konnte. Als sein Pulver verschossen war, erheiterte Lidotschka die Gesellschaft mit Strandwitzen. Offen gesagt, waren die Witze ziemlich fad, und Lidotschka verstand auch gar nicht, sie zu erzählen, aber dafür verstand sie zu lachen, und ihre Zähnchen waren weiß wie Zucker. Dann kamen sie aufs Weissagen zu sprechen. Lidotschka tat kund, eine Zigeunerin hätte ihr drei Männer und Kinderlosigkeit prophezeit. »Was wären wir ohne die Zigeunerinnen?« brummelte Maljanow und prahlte, ihm hätte eine Zigeunerin eine große Entdeckung vorausgesagt, und zwar beträfe sie die Wechselwirkung der Sterne und der diffusen Materie in der Galaxis.

Wieder nahmen sie einen Schluck von dem eisgekühlten Stierblut, und plötzlich gab Snegowoi eine seltsame Geschichte zum besten.

Ihm war einmal prophezeit worden, er werde mit dreiundachtzig in Grönland sterben. (»In der Grönländischen Sozialistischen Republik«, witzelte Maljanow, aber Snegowoi widersprach ungerührt: »Nein, in Grönland.«) An diese Prophezeiung glaubte er fest, und das fuchste alle. Einmal, noch im Krieg, allerdings nicht an der Front, war einer seiner Bekannten – natürlich unter Strom, oder wie man damals sagte, ›voll wie ’ne Strandhaubitze‹ – so in Wut geraten, daß er die Pistole gezogen, Snegowoi an die Schläfe gesetzt und mit den Worten »Na, dann probieren wir’s mal!« abgedrückt hatte...

»Und?« fragte Lidotschka.

»...der Schuß war tödlich«, witzelte Maljanow.

»Ein Versager«, erklärte Snegowoi.

»Sie haben ja komische Bekannte«, meinte Lidotschka befremdet.

Das traf ins Schwarze. An sich erzählte Arnold Palytsch selten von sich, aber wenn, dann mit Pfiff. Und nach seinen Geschichten zu schließen, waren seine Bekannten tatsächlich mehr als komisch.

Eine Zeitlang stritten sich Maljanow und Lidotschka mit Feuereifer darüber, wie Arnold Palytsch nach Grönland geraten könnte. Maljanow war für eine Flugzeugkatastrophe, Lidotschka bestand auf einer gewöhnlichen Touristenreise. Arnold Palytsch selber griente mit seinem lila Mund, schwieg sich aus und steckte eine Zigarette an der anderen an.

Dann besann sich Maljanow auf seine Hausherrnpflichten und machte wieder Anstalten, die Gläser zu füllen, mußte jedoch feststellen, daß auch diese Flasche bereits leer war. Als er Nachschub holen wollte, hielt ihn Arnold Palytsch zurück. Er müsse jetzt gehen, er sei doch bloß auf einen Sprung gekommen. Lidotschka hingegen war fürs Weiterfeiern. Überhaupt wirkte sie noch stocknüchtern, nur ihre Wangen hatten sich leicht gerötet.

»Nein, Freunde«, sagte Snegowoi. »Für mich ist es Zeit.« Schwerfällig stand er auf, wieder die ganze Küche ausfüllend. »Begleiten Sie mich, Dmitri Alexejewitsch... Gute Nacht, Lidotschka. Es war mir ein Vergnügen.«

Noch im Flur suchte Maljanow, ihn zum Bleiben zu überreden: bloß auf ein Gläschen. Aber Snegowoi schüttelte nur seine graue Mähne und brummte ablehnend.

In der Tür sagte er plötzlich laut: »Ach so, Dmitri Alexejewitsch! Ich hab Ihnen doch ein Buch versprochen. Kommen Sie mit, ich geb’s Ihnen gleich.«

Wieso, was für ein Buch?« wollte Maljanow fragen, aber da legte Snegowoi seinen dicken Finger an die Lippen und zog ihn über den Treppenflur zu seiner Wohnung. Maljanow war von diesem dicken Finger derart beeindruckt, daß er dem Nachbarn wie ein Lamm folgte. Schweigend, ohne Maljanows Ellbogen freizugeben, ertastete Snegowoi in der Tasche den Schlüssel und öffnete die Tür. Die ganze Wohnung war hell erleuchtet – im Flur, in den beiden Zimmern, in der Küche, ja sogar im Bad brannte Licht. Es roch nach abgestandenem Zigarettenrauch und starkem Eau de Cologne, und plötzlich ging Maljanow auf, daß er in den fünf Jahren ihrer Bekanntschaft noch nie hier gewesen war. Das Zimmer, wohin ihn Snegowoi führte, war sauber und aufgeräumt. Alle Lampen brannten: der Kronleuchter, die Stehlampe und sogar die kleine Tischlampe. Über der Stuhllehne hing ein Uniformrock mit den silbernen Schulterstücken eines Obersts, einer ganzen Kollektion von Ordensspangen und einer Medaille. Unser Arnold Palytsch ist also Oberst... Hm-hm-hmm!

»Was für ein Buch?« fragte Maljanow schließlich.

»Egal welches«, sagte Snegowoi ungeduldig. »Nehmen Sie das da, und behalten Sie es in der Hand, damit Sie es nachher nicht vergessen. Und setzen wir uns einen Moment.«

Völlig verdattert nahm Maljanow einen dicken Wälzer vom Tisch, klemmte ihn unter den Arm und ließ sich auf der Couch an der Stehlampe nieder.

Arnold Palytsch setzte sich neben ihn und steckte sich hastig eine Zigarette an. Maljanow blickte er nicht an.

»So also«, tönte sein Baß. »Also so... Zunächst einmal: Wer ist die Frau?«

»Lidotschka? Ich sagte Ihnen doch: eine Freundin meiner Frau. Wieso?«

»Kennen Sie sie gut?«

»N-nein... Erst seit heute. Sie kam mit einem Brief...« Maljanow stockte, der Schreck fuhr ihm in die Glieder. »Glauben Sie etwa, sie ist...«

Snegowoi unterbrach ihn.

»Die Fragen stelle ich. Wir haben keine Zeit. Woran arbeiten Sie jetzt, Dmitri Alexejewitsch?«

Sofort fiel Maljanow Waingarten ein, und wieder überlief es ihn kalt. Mit schiefem Lächeln sagte er: »Komischerweise wollen heute alle wissen, woran ich arbeite.«

»Wer noch?« fragte Snegowoi hastig, ihn mit seinen kleinen blauen Äuglein durchbohrend. »Lidotschka?«

Maljanow schüttelte den Kopf.
»Nein, Waingarten, ein Freund von mir.«
»Waingarten...« Snegowoi runzelte die Stirn. »Waingarten...«
»Nein, nein!« sagte Maljanow. »Den kenn ich gut, noch von der Schulbank her.«
»Der Name Gubar – sagt Ihnen der was?«
»Gubar? Nie gehört... Was ist passiert, Arnold Palytsch?«
Snegowoi zerquetschte den Stummel im Aschenbecher und steckte sich eine neue Zigarette an.
»Wer hat noch nach Ihrer Arbeit gefragt?«
»Weiter keiner.«
»Woran arbeiten Sie also?«
Plötzlich wurde Maljanow wütend. Er wurde immer wütend, wenn er Angst bekam.
»Hören Sie mal, Arnold Palytsch«, sagte er. »Ich versteh das alles nicht!«
»Ich auch nicht!« sagte Snegowoi. »Möchte es aber gern. Erzählen Sie! Moment mal – oder ist das intern?«
»Quatsch – intern!« erwiderte Maljanow gereizt. »Gewöhnliche Astrophysik und Sternendynamik. Wechselwirkung der Sterne und der diffusen Materie. Intern ist da nichts, ich lieb es einfach nicht, über meine Arbeit zu reden, bevor sie beendet ist.«
»Sterne und diffuse Materie...«, wiederholte Snegowoi gedehnt und zuckte die Achseln. »Hier das Landgut, dort das Wasser... Und nicht intern? In keinem Teil?«
»Nicht die Spur!«
»Und Gubar kennen Sie wirklich nicht?«
»Nein.«
Schweigend saß Snegowoi neben ihm und rauchte – riesenhaft, geduckt wie ein Bär, unheimlich. Dann sagte er: »Wo nichts ist, hat der Kaiser sein Recht verloren. Mehr wollte ich von Ihnen nicht, Dmitri Alexejewitsch. Seien Sie mir um Gottes willen nicht böse.«
»Nein. Aber ich will noch was von Ihnen – nämlich erfahren...«
»Ich hab kein Recht dazu«, schnitt ihm Snegowoi das Wort ab.
Natürlich – so leicht hätte sich Maljanow nie abspeisen las-

sen. Doch da entdeckte er etwas, was ihm sofort den Mund verschloß. Die linke Tasche von Snegowois gigantischem Hausanzug stand ab und darin glänzte ganz deutlich und unmißverständlich der Griff einer Pistole. Es war eine schwere Pistole. Wie ein Gangstercolt im Film. Und beim Anblick dieses Colts verging Maljanow augenblicklich jede Lust, noch was zu fragen. Mit einem Schlag war ihm klar, daß er hier nichts zu melden hatte.

Da erhob sich Snegowoi und sagte:

»Jetzt folgendes, Dmitri Alexejewitsch. Morgen will ich wieder verreisen...«

Drittes Kapitel

5

... blieb noch eine Weile auf dem Rücken liegen und kam langsam zu sich. Unter dem Fenster rumpelten und polterten bereits die Lastwagen mit Anhängern, in der Wohnung jedoch war alles ruhig. Von dem irren Tag gestern war weiter nichts übriggeblieben als ein leichtes Schädelbrummen, ein metallischer Geschmack auf der Zunge und ein lästiger Splitter in der Seele, im Herzen und weiß der Kuckuck wo noch. Gerade wollte er sich über diesen Splitter klarwerden, da klingelte es behutsam an der Tür. Ach ja – Palytsch mit den Schlüsseln! dachte er und sprang aus dem Bett.

Als er durch den Flur ging, nahm er mit einem Seitenblick wahr, daß die Küche aufgeräumt, die Tür zu Bobkas Zimmer geschlossen und die Scheibengardine sorgfältig von innen zugezogen war. Lidotschka pennt. Ist aufgestanden, hat das Geschirr abgewaschen und sich wieder hingehauen.

Während er am Schloß fummelte, klingelte es abermals taktvoll.

»Gleich, sofort«, rief er heiser. »Einen Moment, Arnold Palytsch!«

Aber es war gar nicht Arnold Palytsch. Vor der Tür stand, mit den Füßen auf dem Gummiabtreter scharrend, ein wildfremder junger Mann. Er trug Jeans, ein schwarzes Hemd mit hochgekrempelten Ärmeln und eine überdimensionale Sonnenbrille. Ein Tonton Macoute. Fast gleichzeitig entdeckte Maljanow weiter hinten, am Fahrstuhl, noch zwei Tontons Macoute mit schwarzen Brillen, doch im selben Moment verlor er jegliches Interesse an ihnen, denn der erste eröffnete ihm: »Kriminalpolizei« und hielt ihm einen aufgeklappten Ausweis hin.

Schöne Bescherung! ging es Maljanow durch den Kopf. Alles sonnenklar, war ja zu erwarten! In seinem Innern herrschte ein einziges Chaos. Nur mit Turnhose bekleidet, stand er vor dem Tonton Macoute vom Kriminalamt und starrte auf das geöffnete Büchlein. Er sah ein Foto, diverse Stempel und Eintragungen, doch seine verwirrten Sinne nahmen nur eins wahr: »Ministerium des Innern«. In Großbuchstaben.

»Ja-a«, stieß er hervor. »Natürlich. Bitte sehr. Worum handelt es sich?«

»Guten Tag«, sagte der Tonton Macoute überaus höflich. »Sie sind doch Maljanow, Dmitri Alexejewitsch?«

»Ich...«

»Darf ich Ihnen einige Fragen stellen?«

»Bitte sehr, bitte«, sagte Maljanow. »Augenblick, bei mir ist nicht aufgeräumt... Ich bin grade erst aufgestanden... Vielleicht gehen wir in die Küche? Nein, dort scheint jetzt die Sonne. Lieber doch hier hinein, ich mach gleich Ordnung.«

Der Tonton Macoute betrat das große Zimmer und blieb bescheiden in der Mitte stehen, wobei er sich zwanglos umsah. Maljanow deckte notdürftig das Bett zu, fuhr ins Hemd und in die Jeans, zog rasch die Gardine auf und öffnete das Fenster.

»Bitte, nehmen Sie Platz, hier im Sessel. Oder wollen Sie lieber an den Tisch? Was führt Sie zu mir?«

Behutsam über ringsum verstreute Papierbogen steigend, begab sich der Tonton Macoute zum Sessel, ließ sich nieder und legte seine Ledermappe auf die Knie.

»Ihren Ausweis bitte«, sagte er.

Maljanow wühlte im Schreibtisch, förderte seinen Ausweis zutage und reichte ihn hin.

»Wer wohnt hier noch?« fragte der Tonton Macoute, während er den Ausweis prüfte.

»Meine Frau, unser Sohn... Aber die sind jetzt nicht da. Die sind in Odessa... Auf Urlaub. Bei der Schwiegermutter.« Der Tonton Macoute legte den Ausweis auf seine Mappe und setzte die schwarze Brille ab. Es war ein ganz einfacher, sogar ziemlich unbedarft wirkender junger Mann. Und überhaupt kein Tonton Macoute. Eher sah er wie ein Verkäufer aus. Oder wie ein Fernsehmonteur.

»Machen wir uns bekannt«, sagte er. »Igor Petrowitsch Sykow – Untersuchungsführer von der Staatsanwaltschaft.«

»Angenehm«, erwiderte Maljanow.

Auf einmal wurde ihm bewußt, daß er doch – Himmel Herrgott noch mal! – kein Krimineller war, daß er – Himmel Herrgott – leitender wissenschaftlicher Mitarbeiter und Doktor der Wissenschaften war. Und nicht irgendein Hosenscheißer. Er schlug die Beine übereinander, nahm eine lässige Pose ein und sagte kühl: »Ich höre.«

Igor Petrowitsch hob mit beiden Händen seine Mappe, schlug gleichfalls die Beine übereinander, senkte die Mappe aufs Knie und fragte: »Kennen Sie Snegowoi, Arnold Pawlowitsch?«

Auf diese Frage war Maljanow gefaßt. Aus Gründen, die ihm selber unerfindlich waren, hatte er nur drauf gewartet, daß man ihn nach Valka Waingarten oder Arnold Palytsch fragte. Deshalb antwortete er im gleichen kühlen Tonfall: »Ja. Ich bin mit Oberst Snegowoi bekannt.«

»Und woher wissen Sie, daß er Oberst ist?« kam sofort die nächste Frage.

»Na ja, wie soll ich sagen...« Maljanow wich einer direkten Antwort aus. »Immerhin kennen wir uns schon lange.«

»Wie lange?« – »Na ja... Fünf Jahre wohl... Seit dem Einzug in dieses Haus.«

»Unter welchen Umständen haben Sie sich kennengelernt?«

Maljanow kramte in seinem Gedächtnis. Ja, wirklich – unter welchen Umständen? Scheiße... Vielleicht, als er zum erstenmal den Schlüssel brachte? Nein, da kannten wir uns schon.

»Hm«, machte er, nahm das übergeschlagene Bein runter und kratzte sich den Nacken. »Wissen Sie, ich komm einfach nicht mehr drauf. Ich kann mich bloß noch an einen Fall erinnern. Der Fahrstuhl war grade kaputt, Irina – also meine Frau – kam mit Einkäufen aus dem Laden, mit dem Kind... Arnold Palytsch nahm ihr das Netz und den Jungen ab. Da hat sie ihn eingeladen. Er ist wohl noch am selben Abend gekommen.«

»War er in Uniform?«

»Nein«, sagte Maljanow, seiner Sache sicher.

»So... Und seitdem sind Sie befreundet?«

»Na ja... Was heißt befreundet? Er kommt mal rüber, holt sich Bücher, bringt welche. Manchmal trinken wir zusammen Tee. Und wenn er auf Dienstreise muß, gibt er uns die Schlüssel.«

»Warum?«

»Wieso – warum?« staunte Maljanow. »Es kann doch alles mögliche...«

Tatsächlich – warum? Darüber hab ich nie nachgedacht. Wahrscheinlich bloß so, für alle Fälle.

»Wahrscheinlich bloß so«, sagte Maljanow. »Für alle Fälle. Wenn zum Beispiel ein Verwandter von ihm kommt oder so...«

»Ist denn jemand gekommen?«

»Nein... Nicht daß ich wüßte. Zumindest nicht, wenn ich da war. Vielleicht weiß meine Frau mehr.«

Igor Petrowitsch nickte tiefsinnig, fragte dann: »Haben Sie mal mit ihm über die Wissenschaft gesprochen, über die Arbeit?«

Die Arbeit! Schon wieder!

»Über wessen Arbeit?« fragte Maljanow verdrossen.

»Über seine natürlich. Er war doch wohl Physiker.«

»Keine Ahnung. Ich denke, er ist bei den Raketentruppen...«

Maljanow hatte noch nicht zu Ende gesprochen, als es ihn kalt überlief. Wieso – *war*? Weshalb – *war*? Den Schlüssel hat er nicht gebracht... Mein Gott, was ist passiert!? Um ein Haar hätte Maljanow losgeschrien: Warum sagen Sie – *war*?, doch da brachte ihn Igor Petrowitsch vollends aus dem Konzept. Blitzartig, wie ein Degenfechter, stieß er seinen langen Arm in Maljanows Richtung vor und schnappte sich eine der herumliegenden Manuskriptseiten.

»Und woher haben Sie das?« fragte er in scharfem Ton, und sein friedfertiges Gesicht verwandelte sich plötzlich in eine Räuberfratze. »Woher?«

»Aber... er-erlauben Sie mal!« stotterte Maljanow, vom Stuhl hochkommend.

»Sitzen bleiben!« herrschte ihn Igor Petrowitsch an. Seine stahlblauen Äuglein huschten über Maljanows Gesicht. »Wie kommen Sie zu diesen Angaben?«

»Was denn für Angaben?« wisperte Maljanow. »Wieso Angaben – zum Teufel noch mal!« brüllte er. »Das sind meine Berechnungen!«

»Das sind nicht Ihre Berechnungen«, widersprach ihm eiskalt Igor Petrowitsch, wobei er ebenfalls die Stimme hob. »Woher haben Sie dieses Diagramm?«

Von weitem das Blatt zeigend, tippte er mit dem Fingernagel auf die Dichtekurve.

»Aus meinem Kopf!« sagte Maljanow fuchsteufelswild. »Aus dem hier!« Er hämmerte sich mit der Faust auf den Scheitel. »Das ist die Abhängigkeit der Dichte von der Entfernung zum Stern!«

»Das ist die Wachstumskurve der Kriminalität in Ihrem Stadtbezirk im letzten Quartal!« verkündete Igor Petrowitsch.

Maljanow verschlug es die Sprache. Igor Petrowitsch jedoch schürzte mäklig die Lippen und fuhr fort: »Wenn Sie sie wenigstens anständig gezeichnet hätten. Nicht so verläuft sie, sondern so.« Bei diesen Worten nahm er Maljanows Bleistift, sprang auf, legte das Blatt auf den Tisch und übermalte die Dichtekurve mit einer Zickzacklinie, wobei er stark aufdrückte. »So hier...« sprach er. »Und hier so, und nicht so.« Als er fertig und die Bleistiftspitze abgebrochen war, schmiß er den Stift hin, nahm wieder Platz und blickte Maljanow mit Bedauern an. »Ach, Maljanow, Maljanow«, sagte er. »So ein hochqualifizierter Mann, so ein gewiefter Verbrecher und geht vor wie der letzte Stümper.«

Völlig entgeistert starrte Maljanow von seiner Skizze zu Igor Petrowitsch und wieder zur Skizze. Das ging auf keine Kuhhaut. Und zwar so wenig, daß es egal war, ob man sprach oder schrie oder schwieg. Genaugenommen hätte man in dieser Situation einfach aufwachen müssen.

»Na und Ihre Frau, steht sie auf gutem Fuß mit Snegowoi?« fragte Igor Petrowitsch, nun wieder mit einer bis zur Fadheit freundlichen Stimme.

»Ja, auf gutem«, erwiderte Maljanow benommen.

»Duzen sie sich?«

»Hören Sie mal«, sagte Maljanow. »Sie haben meine Skizze verdorben. Was soll das alles eigentlich?«

»Was denn für eine Skizze?« wunderte sich Igor Petrowitsch.

»Na die hier, das Diagramm.«

»Ach so. Aber das ist doch unwichtig. Kommt Snegowoi auch, wenn Sie nicht zu Hause sind?«

»Unwichtig...«, sagte Maljanow entgeistert. »Ja, für Sie«, fuhr er fort, raffte hastig alle Blätter vom Tisch und stopfte sie in die Fächer. »Da sitzt man und sitzt, brütet wie bescheuert, und dann kommt der nächste beste daher und behauptet, das ist unwichtig«, murmelte er, während er sich hinhockte und die Aufzeichnungen einsammelte, die auf dem Fußboden rumlagen.

Igor Petrowitsch sah seinem Tun ungerührt zu und schraubte fein säuberlich eine Zigarette ins Mundstück. Als Maljanow, schwer atmend, verschwitzt und wutgeladen, an seinen Platz zurückkehrte, fragte Igor Petrowitsch höflich: »Gestatten Sie, daß ich rauche?«

»Bitte«, sagte Maljanow. »Da ist der Aschenbecher. Und wissen Sie: Beeilen Sie sich mit der Fragerei. Ich muß an die Arbeit.«

»Das hängt ganz von Ihnen ab«, hielt ihm Igor Petrowitsch entgegen, wobei er dezent den Rauch aus dem Mundwinkel von Maljanow weg blies. »Zum Beispiel: Wie nennen Sie Snegowoi gewöhnlich: Oberst, mit Zuname oder mit Vor- und Vatersnamen?«

»Mal so, mal so«, knurrte Maljanow. »Was spielt das für eine Geige?«

»Nennen Sie ihn auch Oberst?«

»Gewiß. Na und?«

»Sonderbar, höchst sonderbar«, sagte Igor Petrowitsch, wobei er behutsam die Asche abstreifte. »Oberst ist er nämlich erst seit vorgestern.«

Das saß. Maljanow schwieg, fühlte, wie er rot wurde.

»Also – woher wissen Sie, daß Snegowoi zum Oberst befördert wurde?«

Maljanow winkte ab.

»Na schön«, sagte er. »Was soll's... Ja, ich hab ein bißchen aufgeschnitten. Ja – ich wußte nicht, daß er Oberst ist – oder Oberstleutnant... Ich war einfach gestern bei ihm und hab den Uniformrock gesehen, mit den Schulterklappen eines Oberst.«

»Und wann waren Sie gestern bei ihm?«

»Abends. Ziemlich spät... Ein Buch hab ich mir von ihm geholt. Das hier.«

Na, da hatte er sich schön verplappert! Sofort nahm Igor Petrowitsch das Buch in die Hand und blätterte darin. Maljanow brach der kalte Schweiß aus, da er nicht die leiseste Ahnung hatte, was es für ein Buch war.

»Hm, in welcher Sprache ist es denn?« fragte Igor Petrowitsch zerstreut.

»Äh...«, druckste Maljanow, und wieder brach ihm der kalte Schweiß aus. »Englisch wahrscheinlich.«

»Kaum«, sagte Igor Petrowitsch und blickte den Text genauer an. »Ist doch kyrillische Schrift und keine lateinische. Ah, russisch!«

Maljanow brach zum drittenmal der Schweiß aus, doch Igor Petrowitsch legte bloß das Buch weg, setzte seine schwarze Brille auf, lehnte sich zurück und fixierte ihn. Und Maljanow fixierte Igor Petrowitsch, bemüht, weder zu blinzeln noch den Blick abzuwenden. Durch den Kopf ging ihm etwa folgendes: Scheißkerl... Hauptmann Concasseur... Ich sag nicht, wo unsre sind...

»Wem, glauben Sie – wem seh ich ähnlich?« fragte plötzlich Igor Petrowitsch.

»Einem Tonton Macoute«, rutschte es Maljanow raus.

»Falsch«, sagte Igor Petrowitsch. »Tippen Sie noch mal.«

»Ich... Ich weiß nicht«, stotterte Maljanow.

Igor Petrowitsch setzte die Brille ab und schüttelte vorwurfsvoll den Kopf.

»Schwach! Echt schwach! Sind ja merkwürdige Auffassungen, die Sie von unseren Ermittlungsorganen haben. Einem Tonton Macoute – ei, jei, jei!«

»Ja, aber wem dann?« fragte Maljanow kleinlaut.

Igor Petrowitsch schwenkte schulmeisterhaft seine Brille.

»Dem Un-sicht-ba-ren!« sagte er, jede Silbe unterstreichend. »Das einzige, was der und ein Tonton Macoute gemeinsam haben, ist, daß sie aus englischen Bücher stammen.«

Drückendes Schweigen trat ein, stickig wie Watte, sogar das Wagengekreisch unter dem Fenster war verstummt. Maljanow hörte nicht den geringsten Laut und verspürte wieder den qualvollen Wunsch aufzuwachen. Und plötzlich, in diese Stille hinein, schrillte das Telefon.

Maljanow fuhr zusammen. Igor Petrowitsch anscheinend auch. Das Telefon schrillte noch mal. Auf die Armlehnen gestützt, stemmte sich Maljanow hoch und blickte Igor Petrowitsch fragend an.

»Ja, ja«, sagte der. »Ist gewiß für Sie.«

Maljanow schleppte sich zur Liege und nahm den Hörer ab. Es war Valka Waingarten.

»Tag, Astrophage«, kläffte der. »Warum rufst du nicht an, du Hornochse?«

»Na ja-a... Mir war nicht danach...«

»Treibst wohl süße Spiele?«

»Ja-a... Nein«, stammelte Maljanow. »Wo denkst du hin...«

»Na, wenn meine Swetka mir ihre Freundinnen zuschanzen würde...«, sagte Waingarten neidisch.

»Ja-a«, nuschelte Maljanow. Im Nacken spürte er den Blick Hauptmann Concasseurs. »Hör mal, Valka, ich ruf dich später an.«

Sofort wurde Waingarten mißtrauisch. »Was ist los bei dir?«

»Ach, nichts... Ich erzähl's dir später.«

»Die Frau?«

»Nein.«

»Ein Mann?«

»Mhm.«

Waingarten schnaufte. »Hör mal«, sagte er mit gesenkter Stimme. »Soll ich zu dir kommen?«

»Nein! Du fehlst mir grade noch...«

Wieder Geschnaufe. »Hör mal«, sagte Waingarten. »Ist er rothaarig?«

Unwillkürlich blickte sich Maljanow nach Igor Petrowitsch um. Verblüfft mußte er feststellen, daß der ihn gar nicht ansah. Er las, die Lippen bewegend, in Snegowois Buch.

»Aber nein, was soll der Quatsch? Genug, ich ruf dich nachher an.«

»Unbedingt!« brüllte Waingarten. »Sobald er weg ist, ruf gleich an!«

»Ja doch«, sagte Maljanow und legte auf. Dann setzte er sich wieder, murmelte: »Pardon.«

»Schon gut«, sagte Igor Petrowitsch und legte das Buch weg. »Sie sind aber vielseitig interessiert, Dmitri Alexejewitsch.«

»J-a... Einigermaßen«, stammelte Maljanow. Scheiße – wenn ich wenigstens einen Blick in das Buch tun könnte! »Igor Petrowitsch«, sagte er bittend. »Können wir nicht zum Schluß kommen? Es geht doch schon fast zwei Stunden.«

»Aber selbstverständlich!« rief Igor Petrowitsch bereitwillig. Nach einem besorgten Blick auf die Uhr holte er einen Notizblock aus der Mappe. »Also. Sie waren gestern abend bei Snegowoi – stimmt doch?«

»Ja.«

»Um dieses Buch zu holen?«

»Ja-a«, sagte Maljanow, entschlossen, weitere Einzelheiten für sich zu behalten.

»Wann war das?«

»Spät. Gegen Mitternacht.«

»Hatten Sie nicht den Eindruck, daß Snegowoi verreisen wollte?«

»Doch. Das heißt, nicht den Eindruck... Er hat mir direkt gesagt, daß er am nächsten Morgen verreist und mir die Schlüssel bringen will.«

»Hat er sie gebracht?«

»Nein. Das heißt, vielleicht hat er geklingelt, und ich hab's nicht gehört, hab noch geschlafen.«

Igor Petrowitsch kritzelte eifrig, den Notizblock auf der Mappe, die Mappe auf dem Knie. Er blickte überhaupt nicht mehr hoch, nicht mal beim Fragen. Als sei er plötzlich in Zeitnot.

»Hat Snegowoi Ihnen nicht gesagt, wohin er verreist?«

»Nein, das sagt er nie.«

»Aber Sie können sich denken, wohin er fährt?«

»Na ja-a, so ungefähr. Zu irgendeinem Versuchsgelände oder so...«

»Hat er Ihnen mal davon erzählt?«

»Nein, natürlich nicht. Über seine Arbeit sprechen wir nie.«

»Und wieso können Sie sich's denken?«

Maljanow zuckte die Achseln. Ja, wieso? Schwer zu erklären, so was. Klar, daß der Mann in einem Geheimkasten arbeitet, das ganze Gesicht verbrannt, die Hände... Und wie er sich benimmt. Schon, daß er nie über die Arbeit spricht.

»Ich weiß nicht«, sagte Maljanow. »Mir scheint es so... Ich weiß nicht.«

»Hat er Sie mal mit einem seiner Freunde bekannt gemacht?«

»Nein, nie.«

»Und mit seiner Frau?«

»Ist er denn verheiratet? Ich hab immer geglaubt, er ist Junggeselle... Oder... Witwer.«

»Und warum haben Sie das geglaubt?«

»Weiß ich nicht«, sagte Maljanow unwirsch. »Intuition.«

»Vielleicht hat es Ihre Frau erzählt?«

»Irka? Woher soll die das wissen?«

»Eben das möchte ich in Erfahrung bringen.«

Schweigend starrten sie einander an.

»Versteh ich nicht«, sagte Maljanow. »Was möchten Sie in Erfahrung bringen?«

»Woher Ihre Frau wußte, daß Snegowoi unverheiratet ist:«

»Äh-äh... N-ja... Wußte sie es denn?«

Igor Petrowitsch antwortete nicht. Er blickte Maljanow eindringlich an, und seine Pupillen verengten und weiteten sich auf seltsame, unheimliche Weise. Maljanows Nerven waren bis zum äußersten gespannt. Ihm schien: Noch eine Sekunde, und er würde mit den Fäusten auf den Tisch dreschen, zetern, geifern und endgültig sein Gesicht verlieren. Er konnte einfach nicht mehr. Hinter all diesem Geschwätz steckte ein unheilvoller Sinn, all das glich klebrigem Spinngewebe, in das aus irgendeinem Grund Irka reingezogen werden sollte.

»Na schön«, sagte plötzlich Igor Petrowitsch und klappte seinen Notizblock zu. »Kognak haben Sie ja da.« Er wies auf die Bar. »Und der Wodka steht im Kühlschrank. Was ziehen sie vor? Persönlich?«

»Ich?«

»Ja, Sie. Persönlich.«

»Kognak«, krächzte Maljanow und schluckte. Seine Kehle war wie ausgedörrt.

»Na prächtig!« sagte Igor Petrowitsch aufgeräumt, erhob sich flink und begab sich leichtfüßig zur Bar. »Da brauchen wir ja nicht weit zu gehen... Fein!« Er machte sich bereits in der Bar zu schaffen. »Aha, Zitrone ist auch da... Ein bißchen verschrumpelt, aber macht nichts. Was für Gläser möchten Sie? Na, nehmen wir die hier, die blauen.«

Maljanow sah stumpfsinnig zu, wie er behend die Schwenker auf den Tisch stellte, dünne Zitronenscheiben abschnitt, die Flasche öffnete.

»Wissen Sie«, sagte Igor Petrowitsch. »Wenn ich offen sein darf: Ihre Chancen sind mies. Die Entscheidung fällt natürlich das Gericht, aber immerhin bin ich schon zehn Jahre dabei und hab meine Erfahrung. Wissen Sie, man kann sich bei jedem Fall ausrechnen, was darauf steht. Die Höchststrafe kriegen Sie nicht, aber fünfzehn Jahre – die garantier ich Ihnen, wenn ich so sagen darf.« Fein säuberlich, ohne ein Tröpfchen zu verschütten, goß er den Kognak ein. »Selbstverständlich können immer mildernde Umstände auftreten, aber offen gestanden – vorläufig sehe ich keine... Nein, absolut keine, absolut, Dmitri Alexejewitsch! Na denn...« Er hob sein Glas und nickte einladend.

Mit steifen Fingern nahm Maljanow seinen Schwenker.

»Gut«, sagte er mit verzerrter Stimme. »Aber darf ich trotzdem erfahren, was los ist?«

»Aber selbstverständlich!« rief Igor Petrowitsch. Er leerte sein Glas, warf sich eine Zitronenscheibe in den Mund und nickte energisch. »Selbstverständlich dürfen Sie das! Ich erzähl es Ihnen, ich bin dazu befugt.«

Und er erzählte.

Heute früh um acht war ein Wagen gekommen, um Snegowoi abzuholen und zum Flugplatz zu bringen. Der Fahrer staunte, daß Snegowoi nicht wie üblich am Torweg stand. Er wartete fünf Minuten, fuhr dann mit dem Lift rauf und klingelte an der Wohnungstür. Niemand öffnete, obwohl die Klingel, wie der Fahrer sehr wohl hörte, in Ordnung war. Daraufhin fuhr er wieder runter, rief aus der Telefonzelle an der Ecke seine Dienststelle an und meldete die entstandene Sachlage. Die Dienststelle versuchte,

Snegowoi anzurufen, doch sein Apparat war pausenlos besetzt. Unterdessen ging der Fahrer ums Haus rum und konstatierte, daß alle drei Fenster Snegowois weit aufgerissen waren und daß in der Wohnung Licht brannte, obwohl die Sonne doch schon hoch stand. Sofort erstattete er Bericht. Es wurden kompetente Leute angefordert, die unverzüglich Snegowois Wohnung aufbrachen und in Augenschein nahmen. Sie konstatierten, daß alle Lampen brannten, daß auf dem Bett im Schlafzimmer ein aufgeklappter, doch schon gepackter Koffer lag. Snegowoi selber jedoch in seinem Arbeitszimmer am Tisch saß, in der einen Hand den Telefonhörer, in der anderen eine Makarow-Pistole. Die Untersuchung ergab, daß Snegowoi einer Schußwunde erlegen war, beigefügt aus ebendieser Pistole, durch einen Schläfenschuß aus nächster Nähe. Der Tod war augenblicklich eingetreten, zwischen drei und vier Uhr morgens.

»Und was hab ich damit zu tun?« fragte Maljanow.

Da erzählte ihm Igor Petrowitsch ausführlich, wie man die ballistische Kurve rekonstruiert und die Kugel entdeckt hatte, die durch den Kopf hindurchgegangen und in der Wand steckengeblieben war.

»Aber ich – was hab ich damit zu tun?« fragte Maljanow, sich wie rasend an die Brust klopfend. Zu dem Zeitpunkt hatten sie bereits drei Gläser intus.

»Ja, tut er Ihnen denn leid?« fragte Igor Petrowitsch. »Ob er Ihnen leid tut, frag ich.«

»Natürlich tut er mir leid. Er war ein Pfundskerl... Aber ich – wie kommen Sie grade auf mich? Ich hab mein Lebtag keine Pistole angefaßt! Ich war nicht beim Militär... Wegen der Augen...«

Igor Petrowitsch ließ seine Worte unbeachtet. Statt dessen berichtete er des langen und breiten, wie man binnen kürzester Frist ermittelt hatte, daß der Tote Linkshänder gewesen sei.

Merkwürdig also, daß er sich mit der rechten Hand erschossen habe.

»Ja doch! Ja!« stimmte Maljanow zu. »Arnold Palytsch war tatsächlich Linkshänder. Ich weiß es auch, ich kann es bestätigen... Aber warum ich? Ich hab doch geschlafen, die ganze Nacht! Und überhaupt: Was hätte ich für Gründe – sagen Sie doch selbst!«

»Wer hat es denn sonst getan? Wer sonst?« fragte Igor Petrowitsch katzenfreundlich.

»Wie soll ich das wissen? Sie – Sie müssen das rauskriegen!«

»Sie, mein Teuerster«, säuselte Igor Petrowitsch mit honigsüßer Zunge, Maljanow mit einem Auge durch den Kognakschwenker fixierend. »Sie sind der Mörder!«

»Wahnsinn...«, hauchte Maljanow hilflos. Vor Verzweiflung war er den Tränen nahe.

Plötzlich fuhr ein Windstoß ins Zimmer, blähte die zurückgezogene Gardine, und die irre Nachmittagssonne, jäh durchs Fenster brechend, fiel Igor Petrowitsch voll ins Gesicht. Er kniff die Augen zusammen, beschattete sein Gesicht mit der gespreizten Hand, rückte im Sessel zur Seite und stellte das Glas hastig auf den Tisch. Irgend etwas ging mit ihm vor. Er blinzelte heftig, seine Wangen röteten sich, das Kinn zuckte.

»Verzeihen Sie bitte«, sagte er, und seine Stimme klang auf einmal ganz normal und menschlich. »Verzeihen Sie, Dmitri Alexejewitsch!... Vielleicht könnten Sie... Hier ist es ein bißchen zu...«

Er brach ab, denn in Bobkas Zimmer krachte etwas zu Boden und zerschellte mit anhaltendem Geklirr.

»Was ist das?« fragte Igor Petrowitsch voller Argwohn, und seine Stimme hatte ihren menschlichen Klang wieder eingebüßt.

»Da ist... Da ist jemand drin«, sagte Maljanow, ohne weiter über Igor Petrowitschs seltsame Verwandlung nachzudenken. Ihn bewegte etwas anderes, ein völlig neuer Gedanke. »Hören Sie mal!« rief er und sprang auf. »Kommen Sie mit! Da drin ist eine Freundin meiner Frau! Sie kann alles bezeugen! Ich hab die ganze Nacht geschlafen, bin nirgends gewesen.«

Einander schubsend und stoßend, hasteten sie durch den Flur.

»Interessant, sehr interessant«, sagte Igor Petrowitsch. »Eine Freundin ihrer Frau... Wollen sehen!«

»Sie kann es bezeugen«, murmelte Maljanow. »Gleich werden Sie sehen... Sie bezeugt es...«

Ohne anzuklopfen, stürzten sie in Bobkas Zimmer und blieben wie angewurzelt stehen. Das Zimmer war aufgeräumt und leer. Von Lidotschka keine Spur; kein Bettzeug mehr auf der Couch, der Koffer verschwunden. Am Fenster, vor den Scherben eines Tonkrugs (Choresm, XI. Jahrhundert), saß mit der unschuldigsten Miene der Welt Kaljam.

»Die da?« fragte Igor Petrowitsch und wies auf Kaljam.

»Nein«, erwiderte Maljanow dümmlich. »Das ist unser Kater,

den haben wir schon lange... Ja, aber wo ist denn Lidotschka?« Er blickte sich zur Flurgarderobe um. Der weiße Mantel war fort. »Mir scheint, sie ist weggegangen.«

Igor Petrowitsch zuckte die Achseln.

»Mir auch«, sagte er. »Hier ist sie jedenfalls nicht.«

Maljanow trottete zu dem verunglückten Krug.

»Rindvieh!« sagte er und verpaßte Kaljam eine Ohrfeige.

Kaljam stob davon. Maljanow hockte sich hin. In tausend Scherben. Der schöne Krug...

»Hat sie bei Ihnen genächtigt?« erkundigte sich Igor Petrowitsch. »Ja«, erwiderte Maljanow finster.

»Wann haben Sie sie zum letztenmal gesehen? Heute?«

Maljanow schüttelte den Kopf.

»Gestern. Das heißt, eigentlich doch heute. In der Nacht. Ich hab ihr Bettwäsche gegeben, und eine Decke...« Er blickte zu Bobkas Bettkasten. »Bitte. Alles da.«

»Ist sie schon lange bei Ihnen?« wollte Igor Petrowitsch wissen.

»Nein, erst seit gestern.«

»Und ihre Sachen – sind die hier?«

»Ich seh nichts«, erwiderte Maljanow. »Auch der Mantel ist weg.«

»Komisch, nicht wahr?« meinte Igor Petrowitsch.

Maljanow winkte bloß ab.

»Soll sie bleiben, wo der Pfeffer wächst«, sagte Igor Petrowitsch. »Mit den Weibern hat man nichts als Ärger. Kommen Sie, wir trinken noch ein Gläschen.«

Plötzlich ging die Wohnungstür auf, und in den Flur...

6

...und der Fahrstuhl sprang an. Maljanow blieb allein.

Lange stand er auf der Schwelle von Bobkas Zimmer, an den Türrahmen gelehnt, unfähig zu denken. Kaljam erschien, schlich, nervös mit dem Schwanz zuckend, an ihm vorbei, flitzte auf den Treppenflur hinaus und begann, eifrig den Zementfußboden zu lecken.

»Na schön«, sagte Maljanow schließlich, riß sich vom Türrahmen und ging ins große Zimmer. Dort war alles vollgeraucht, auf dem Tisch standen verwaist drei blaue Kognakschwenker – zwei leere und ein halbvoller. Die Sonne schien bereits auf die Bücherregale.

»Hat den Kognak mitgenommen«, sagte Maljanow. »Schweinerei!«

Eine Weile saß er im Sessel, trank sein Glas aus. Draußen vor dem Fenster wummerte und knatterte es, durch die offene Wohnungstür drang vom Treppenhaus her Kindergeschrei und Fahrstuhllärm. Es roch nach Kohlsuppe. Er stand auf, schleppte sich, die Schulter am Türrahmen stoßend, hinaus auf den Treppenflur und blieb vor Snegowois Wohnung stehen. Das Türschloß war versiegelt, mit einem dicken Lacksiegel. Vorsichtig tippte er das Siegel an, fuhr zurück. Alles stimmte, war wirklich passiert. Der Bürger der Sowjetunion Oberst Arnold Pawlowitsch Snegowoi, dieser rätselhafte Mann, lebte nicht mehr...

Viertes Kapitel

7

... Er spülte die Kognakschwenker und stellte sie weg, fegte in Bobkas Zimmer die Scherben auf und gab Kaljam Fisch. Dann nahm er Bobkas großes Milchglas, schlug drei Eier rein, krümelte Brot zu, pfefferte und salzte tüchtig und rührte um. Hunger hatte er keinen, er tat es aus Gewohnheit. Und er verspeiste die Pampe, während er am Balkonfenster stand und auf den öden, sonnenbeschienenen Hof schaute. Daß man nicht mal Bäume gepflanzt hatte. Wenigstens einen.

Seine Gedanken plätscherten träge dahin, es waren nicht mal Gedanken, eher Fetzen. Womöglich neue Ermittlungsmethoden, überlegte er. Wissenschaftlich-technische Revolution und so. Ungezwungenheit und psychischer Angriff... Aber das mit dem Kognak war unbegreiflich, Igor Petrowitsch Sykow... Oder Sykin? Ja, so hat er sich vorgestellt – aber was stand in dem Ausweis? Klaubrüder! dachte er plötzlich. Die ganze Schau wegen einer halben Flasche Kognak...

Nein, Snegowoi ist tot, das steht fest. Snegowoi seh ich nie wieder. Ein patenter Kerl, bloß irgendwie verdreht. Immer benahm er sich so ungereimt. Besonders gestern. Aber er hat doch wen angerufen. Hat was sagen wollen, erklären... Oder warnen. Maljanow erschauerte. Er stellte das schmutzige Glas ins Waschbecken – das Embryo eines künftigen Haufens von schmutzigem Geschirr. Aufgeräumt hat Lidotschka tadellos, die Küche blitzt nur so. Aber er hat mich vor Lidotschka gewarnt. Wirklich, irgendwas stimmt mit ihr nicht.

Maljanow stürzte in den Flur, suchte auf dem Garderobentisch, bis er Irkas Zettel fand. Quatsch, alles echt. Eindeutig Irkas Handschrift, auch die Art zu schreiben. Und überhaupt: Seit wann kümmern sich Mörderinnen um schmutziges Geschirr?...

8

...bei Valka Waingarten war besetzt. Maljanow legte auf und streckte sich auf der Liege aus, die Nase im flauschigen Bezug. Auch mit Valka stimmt was nicht. So ein hysterisches Gehabe. An sich kommt das schon mal bei ihm vor. Wenn er sich mit Swetka gezankt hat oder mit der Schwiegermutter. Was hat er mich gefragt? So was Komisches... Mann. Valka, deine Sorgen möcht ich haben! Nein, soll er ruhig herkommen. Er ist hysterisch, ich bin hysterisch, vielleicht fällt uns beiden was ein. Wieder griff Maljanow zum Hörer, wieder war besetzt. Verdammt, wie man die Zeit vertrödelt! Wie schön könnte man arbeiten, wär nicht dieser Mist...

Plötzlich räusperte sich jemand, hinter ihm im Flur. Wie von der Tarantel gestochen, fuhr er hoch. Natürlich Quatsch. Im Flur war niemand. Im Bad auch nicht. In der Toilette genausowenig. Er sah nach, ob die Tür zugeschlossen war, kehrte auf die Liege zurück, und da merkte er, wie ihm die Knie zitterten. Verdammt, die Nerven... Und dieser Knilch will mir noch weismachen, er sieht wie der Unsichtbare aus. Ein Bandwurm mit Brille bist du und nicht der Unsichtbare!... Nachdem er noch mal Waingartens Nummer gewählt hatte, knallte er den Hörer auf die Gabel und fuhr entschlossen in die Socken. Ich ruf ihn von Wetscherowski aus an. Ist selber schuld, was quatscht er andauernd. Maljanow zog ein sauberes Hemd über, faßte in die Tasche nach den Schlüsseln, sperrte ab und lief die Treppe hoch.

Im sechsten Stock, in der Müllschluckernische, knutschte sich ein Pärchen. Der Bursche hatte eine schwarze Brille auf, und Maljanow kannte ihn – das Jüngelchen aus Wohnung siebzehn, dieser Ungelernte in spe. Kommt schon das zweite Jahr nirgends an und will es auch gar nicht... Sonst traf er bis zum achten Stock niemand. Aber die ganze Zeit hatte er das Gefühl, jeden Augenblick könnte einer auftauchen. Ihn am Ellbogen schnappen und raunen: »Einen Moment, Bürger!«

Gott sei Dank, Phil war zu Hause. Und wie stets sah er aus, als müsse er in die Niederländische Botschaft zum Empfang anläßlich des Besuchs Ihrer Majestät und als käme in fünf Minuten der Wagen, der ihn abholen sollte. Er trug einen todschicken cremefarbenen Anzug, unwahrscheinliche Mokassins und einen

Schlips. Besonders der Schlips haute Maljanow jedesmal um. Ihm war unbegreiflich, wie man zu Hause mit Schlips arbeiten kann.

»Du arbeitest wohl?« fragte Maljanow.

»Wie immer.«

»Na, ich bleib nicht lange.«

»Selbstredend«, sagte Wetscherowski. »Kaffee?«

»Laß nur«, erwiderte Maljanow. »Das heißt, warum eigentlich nicht.«

Sie gingen in die Küche. Maljanow setzte sich auf seinen Stammplatz, und Wetscherowski begann seinen Hokuspokus mit der Kaffeemaschine.

»Ich mach ihn uns wienerisch«, sagte er, ohne sich umzuwenden.

»Nur zu. Hast du Sahne da?«

Wetscherowski antwortete nicht. Maljanow sah, wie sich seine spitzen Schulterblätter unter dem dünnen cremefarbenen Stoff bewegten.

»War ein Untersuchungsführer bei dir?« fragte Maljanow.

Die Schulterblätter erstarrten, und über dem gebeugten Rücken erschien ganz langsam, sich Maljanow zuwendend, das lange, sommersprossige Gesicht mit der Hängenase und den rotblonden Brauen, die weit über die gewaltige Hornbrille hochgezogen waren.

»Entschuldige... Was hast du gesagt?«

»Ich hab dich gefragt, ob heute ein Untersuchungsführer bei dir war.«

»Warum ausgerechnet ein Untersuchungsführer?« erkundigte sich Wetscherowski.

»Weil Snegowoi sich erschossen hat«, sagte Maljanow. »Bei mir waren sie schon.«

»Wer ist Snegowoi?«

»Na, der Riese, der bei mir nebenan wohnt. Der Raketenmann.«

»Aha...«

Wetscherowski wandte sich ab, wieder bewegten sich seine Schulterblätter.

»Kanntest du ihn nicht?« fragte Maljanow. »Ich denk, ich hab euch bekannt gemacht.«

»Nein«, sagte Wetscherowski. »Ist mir nicht erinnerlich.«

Wundervoller Kaffeeduft zog durch die Küche. Maljanow setzte sich möglichst bequem hin. Sollte er es ihm erzählen oder nicht? In dieser blitzsauberen, duftenden Küche, wo es trotz des blendenden

Sonnenscheins so kühl war, wo immer alles an seinem Platz stand und von höchster Qualität war – Weltniveau und darüber –, hier erschienen alle Vorfälle der letzten vierundzwanzig Stunden besonders absurd, verrückt und nicht ganz koscher.

»Kennst du den Witz von den zwei Hähnen?« fragte Maljanow.

Von zwei? Ich kenne einen von drei. Völlig geistlos. Mit so einem Bart.«

»Nein, von zwei!« sagte Maljanow. »Du kennst ihn also nicht?«

Er erzählte den Witz von den zwei Hähnen. Wetscherowski zeigte nicht die geringste Reaktion. Man hätte annehmen können, ihm sei kein Witz erzählt, sondern eine ernste Aufgabe gestellt worden – so konzentriert und nachdenklich sah er aus, als er Maljanow das Kaffeetäßchen hinstellte, den Sahnegießer und die Schale mit der Konfitüre. Danach goß er auch sich Kaffee ein, nahm, mit der Tasse balancierend, Maljanow gegenüber Platz und sagte schließlich, nachdem er von dem Kaffee genippt hatte: »Ausgezeichnet. Womit ich nicht deinen Witz, sondern den Kaffee meinte.«

»Ich ahnte es«, versetzte Maljanow unfroh.

Eine Weile genossen sie stumm ihren Kaffee wienerisch. Dann sagte Wetscherowski: »Gestern habe ich ein wenig über deine Aufgabe nachgedacht. Vielleicht geht es mit den Hartwigschen Funktionen?«

»Da bin ich auch schon drauf gekommen«, sagte Maljanow.

»Na und, klappt es?«

Maljanow schob die leere Tasse weg.

»Hör mal, Phil«, sagte er. »Zum Teufel mit den Hartwigschen Funktionen. Ich weiß nicht, wo mir der Kopf steht und du...«

9

...schwieg einen Augenblick, strich sich mit zwei Fingern über die glattrasierte Wange und deklamierte: »Dem Tod ins Angesicht zu schauen war uns verwehrt, mit verbundenen Augen wurden wir zu ihm geführt...«

Und setzte hinzu: »Ärmster.«

Wen er meinte, blieb unklar.

»Nein, ich hab für alles Verständnis«, sagte Maljanow. »Aber dieser Untersuchungsführer...«

»Noch eine Tasse?« unterbrach ihn Wetscherowski.

Maljanow schüttelte den Kopf, und Wetscherowski stand auf.

»Dann gehen wir jetzt hinüber«, sagte er.

Sie gingen ins Arbeitszimmer. Wetscherowski setzte sich an den Schreibtisch, auf dem in der Mitte ein einsames Blatt lag, sonst nichts, entnahm einem Fach einen automatischen Ordner, drückte auf den Knopf, ließ seinen Blick über die Zeilen schweifen, griff zum Telefon und wählte eine Nummer.

»Untersuchungsführer Sykin bitte«, sagte er mit lässiger Chefstimme. »Ich sage doch: »Sykow, Igor Petrowitsch. Im Einsatz? Danke.« Er legte auf. »Untersuchungsführer Sykow ist im Einsatz«, teilte er Maljanow mit.

»Von wegen im Einsatz! Versäuft meinen Kognak mit irgendwelchen Flittchen«, brummte Maljanow.

Wetscherowski biß sich auf die Unterlippe.

»Das ist unwichtig. Wichtig ist, daß er existiert.«

»Natürlich existiert er«, sagte Maljanow. »Er hat mir seinen Ausweis gezeigt... Oder hast du vielleicht gedacht, es war ein Gauner?«

»Das nicht gerade.«

»Na also. So viel Theater wegen einer Flasche Kognak. Noch dazu neben einer versiegelten Wohnung.«

Wetscherowski nickte.

»Und du quatschst von den Hartwigschen Funktionen!« sagte Maljanow vorwurfsvoll. »Wie soll ich da an Arbeit denken! Eh ich mich's verseh, sitz ich im...«

Wetscherowski unterbrach ihn.

»Dima«, sagte er und blickte ihn aus seinen rotbraunen Augen eindringlich an. »Kam dir nicht komisch vor, daß Snegowoi sich plötzlich für deine Arbeit interessiert?«

»Und ob! Sonst haben wir nie darüber gesprochen.«

»Und was hast du ihm erzählt?«

»Ach, nur ganz Allgemeines. Nach Einzelheiten hat er auch gar nicht gefragt.«

»Und was hat er gesagt?«

»Nichts. Ich glaube, er war enttäuscht. »›Hie das Landgut, dort das Wasser‹ – hat er gesagt.«

»Pardon – wie war das?«

»Hie das Landgut, dort das Wasser.«

»Was heißt das eigentlich?«

»Stammt aus der Klassik... Besagt soviel wie: Der Holunder ist im Garten, der Onkel in Kiew.«

»Aha.« Wetscherowski blinzelte gedankenvoll mit seinen Kuhwimpern. Nahm vom Fensterbrett einen makellos sauberen Aschenbecher, holte aus dem Schreibtisch eine Pfeife und einen Tabaksbeutel und machte sich ans Pfeifestopfen. »Aha... ›Hie das Landgut, dort das Wasser‹... Ausgezeichnet. Muß ich mir merken.«

Maljanow wartete voller Ungeduld. Zu Wetscherowski hatte er grenzenloses Vertrauen. Das war ein Mann mit geradezu übermenschlichem Verstand. Maljanow kannte niemand anders, der aus einer Summe bestimmter Fakten so unverhoffte Schlußfolgerungen ziehen konnte.

»Na?« fragte Maljanow schließlich.

Wetscherowski hatte seine Pfeife fertiggestopft und rauchte sie nun ebenso gelassen und mit Hochgenuß an. Die Pfeife fiepte leise. Wetscherowski paffte und sagte: »Dima – *ph-ph* –, wie weit bist du seit Donnerstag vorangekommen? Ich glaube – *ph-ph* –, Donnerstag haben wir das letztemal miteinander gesprochen.«

»Ist das denn so wichtig?« fragte Maljanow gereizt. »Begreif doch, ich hab jetzt andre Sorgen.«

Diese Worte überhörte Wetscherowski, ungerührt fixierte er Maljanow mit seinen rotbraunen Augen und paffte. So war er nun mal. Er hatte eine Frage gestellt und wartete auf Antwort.

Und Maljanow fügte sich. Weil er überzeugt war, daß Wetscherowski besser wußte, was wichtig war und was nicht.

»Vorangekommen bin ich gut«, sagte er und erzählte, wie er die Aufgabe umformuliert und sie erst auf Gleichungen in Vektorform und danach auf eine Integrodifferentialgleichung zurückgeführt hatte; wie sich ein physikalisches Bild abzuzeichnen begann, wie er zu den M-Kavernen gelangte und gestern schließlich auf die Idee kam, die Hartwigschen Transformationen anzuwenden.

Wetscherowski ließ sich kein Wort entgehen, er unterbrach ihn nicht, stellte keine Zwischenfragen. Nur einmal, als Maljanow, vom Eifer gepackt, nach dem einsamen Blatt griff und auf der Rückseite etwas niederschreiben wollte, gebot er ihm Einhalt und bat: »Mündlich, mündlich.«

»Aber dann bin ich zu nichts mehr gekommen«, schloß Maljanow niedergeschlagen. »Erst diese blöden Telefonanrufe, dann der Mann vom Bestelldienst...«

»Davon hast du mir gar nichts erzählt«, warf Wetscherowski ein.

»Weil es nebensächlich ist«, sagte Maljanow. »Solange die Anrufe kamen, hab ich noch was gemacht, aber dann ist diese Lidotschka aufgekreuzt, und es war Sense.«

Wetscherowski saß völlig in Wolken honigduftenden Tabaks gehüllt.

»Nicht schlecht«, ließ er seinen gedämpften Baß vernehmen. »Aber stehengeblieben bist du gerade am interessantesten Punkt.«

»Ich bin nicht stehengeblieben – man hat mich gestoppt!«

»Eben«, sagte Wetscherowski.

Maljanow hämmerte sich mit den Fäusten auf die Knie.

»Verdammt! Arbeiten müßte ich, arbeiten! Aber ich bin unfähig zu denken! Braucht bloß was in der Wohnung zu rascheln, gleich fahre ich hoch wie ein Psychopath. Dazu noch die rosigen Aussichten: fünfzehn Jahre Knast...«

Zum x-ten Male schon spielte er auf diese fünfzehn Jahre an und hoffte, Wetscherowski würde sagen: Phantasier nicht, was denn für fünfzehn Jahre, das ist doch bestimmt ein Mißverständnis. Aber Wetscherowski sagte auch diesmal nichts Derartiges. Stattdessen nervte er Maljanow mit seiner endlosen Fragerei über die Telefonanrufe: Wann sie begonnen hätten (exakt), wer verlangt worden sei (wenigstens ein paar Beispiele), wer angerufen habe (Mann? Frau? Kind?). Als Maljanow ihm von Waingartens Anrufen erzählte, war Wetscherowski sichtlich erstaunt. Eine Weile schwieg er, dann machte er weiter. Was Maljanow geantwortet habe? Ob er jedesmal rangegangen sei? Was die Störungsstelle gesagt habe? Dabei wurde Maljanow bewußt, daß die falschen Anrufe nach seiner zweiten Beschwerde bei der Störungsstelle aufgehört hatten. Aber kaum hatte er es Wetscherowski gesagt, da fiel ihm noch was ein.

»Hör mal«, sagte er auflebend. »Ich hab ja was vergessen: Als Waingarten gestern anrief, hat er gefragt, ob ich Snegowoi kenne.«

»So?«

»Ja. Und ich hab gesagt, ich kenn ihn.«

»Und er?«

»Hat gesagt, daß er ihn nicht kennt. Aber darum geht's gar nicht. Was meinst du – ob das Zufall ist? Oder? Ein komischer Zufall, nicht?«

Wetscherowski schwieg eine Weile, paffte, fragte dann weiter.

Wie das mit dem Bestelldienst gewesen sei? Genauer: wie der Kerl ausgesehen, was er gesagt, was gebracht habe? Was davon noch übrig sei? Von dieser elenden Fragerei wurde Maljanow ganz koddrig, da er nicht begriff, was es überhaupt sollte und in welchem Zusammenhang es mit seiner Misere stand. Doch schließlich gab Wetscherowski Ruhe, stocherte schweigend in seiner Pfeife. Anfangs faßte sich Maljanow in Geduld, doch dann malte er sich aus, wie vier Mann mit schwarzen Brillen zu ihm kämen, die Wohnung durchstöberten, die Tapeten abrissen, ihn nach intimen Beziehungen zu Lidotschka fragten, ihm nicht glaubten, ihn abführten...

Mit den Fingern knackend, murmelte er bedrückt: »Wie soll das bloß enden?«

Wetscherowski reagierte prompt.

»Wer weiß, was unser harrt«, sprach er. »Wer weiß, was sein wird? Kraft wird sein und Niedertracht. Der Tod wird kommen, zum Tode verurteilen. Die Zukunft darf man nicht schauen.«

Daß es sich um Verse handelte, begriff Maljanow nur, weil Wetscherowski zum Schluß ein dumpfes Gekoller ausstieß, das bei ihm gleichbedeutend mit zufriedenem Lachen war. Weiß Gott, vielleicht kollerten so Wells' Marsmenschen, wenn sie Menschenblut tranken – Wetscherowski jedenfalls gab solche Töne von sich, wenn ihm Verse gefielen. Man hätte annehmen können, das Vergnügen, das ihm gute Gedichte bereiteten, sei rein physischer Natur.

»Hol dich der Teufel«, sagte Maljanow zu ihm.

Doch da ließ Wetscherowski die nächste Tirade los, diesmal in Prosa.

»Geht es mir schlecht, so arbeite ich«, sprach er. »Hab ich Scherereien, blase ich Trübsal, macht mir das Leben keinen Spaß – so setze ich mich an die Arbeit. Mag sein, es gibt andere Rezepte, ich kenne keine. Oder sie helfen mir nicht. Wenn ich dir raten darf: Setz dich hin und arbeite. Gottlob brauchen Leute wie du und ich für ihre Arbeit nichts weiter als Papier und Bleistift.«

All das wußte Maljanow selber. Aus Büchern. Aber bei ihm war es anders. Er konnte nur arbeiten, wenn ihm leicht ums Herz war und kein Damoklesschwert über ihm hing. »Das nennt sich Hilfe«, sagte er. »Ich ruf lieber Waingarten an... Wirklich komisch, daß er mich nach Snegowoi gefragt hat.«

»Selbstredend«, sagte Wetscherowski. »Aber wenn es dir nichts ausmacht, geh mit dem Telefon ins Nebenzimmer.«

Maljanow nahm den Apparat und zog die Schnur nach nebenan.

»Wenn du willst, kannst du bei mir bleiben«, hörte er Wetscherowski noch sagen. »Papier ist da, einen Bleistift geb ich dir.«

»Danke«, sagte Maljanow. »Mal sehen.«

Jetzt antwortete Waingarten nicht. Maljanow ließ es etwa zehnmal klingeln, rief von neuem an, ließ es wieder zehnmal klingeln, legte auf. So. Was nun? Natürlich hätte er hierbleiben können. Bei Wetscherowski war es kühl und still. Jedes Zimmer hatte eine Klimaanlage. Das Lastwagengerumpel und Bremsengequietsche war nicht zu hören: Die Fenster gingen auf den Hof hinaus. Und plötzlich begriff er: Nicht das machte ihm zu schaffen. Er hatte einfach Angst, in die eigene Wohnung zurückzukehren. Das wird ja immer schöner! Am liebsten bin ich zu Hause, und jetzt graut mir vor der Rückkehr dahin. Nein, kommt nicht in Frage! dachte er. Den Spaß verderb ich euch. Das geht zu weit.

Kurz entschlossen packte Maljanow das Telefon und brachte es zurück. Wetscherowski saß da, den Blick auf sein einsames Blatt geheftet; leise klopfend, glitt sein exquisiter Parker über den Bogen, der zur Hälfte mit Symbolen vollgeschrieben war. Maljanow verstand sie nicht.

»Ich gehe, Phil«, sagte er.

Wetscherowski hob sein Rotblondengesicht.

»Selbstredend... Morgen nehme ich Prüfungen ab, aber heute bin ich den ganzen Tag zu Hause. Ruf an oder komm rauf.«

»Gut«, sagte Maljanow.

Langsam stieg er die Treppe hinab – wozu sich beeilen? Gleich mach ich mir einen Tee, ordentlich stark, setz mich in die Küche, Kaljam springt mir auf die Knie, ich werd ihn streicheln, Tee trinken und endlich versuchen, ruhig und nüchtern über alles nachzudenken... Schade, daß wir keinen Fernseher haben, sonst könnte ich am Abend vor der Röhre hocken, mir was Leichtes zu Gemüte führen – eine Komödie, Fußball... Eine Patience werd ich legen, hab's lange nicht gemacht.

Auf seinem Treppenabsatz angelangt, griff er in die Tasche nach den Schlüsseln, bog um die Ecke – und blieb stehen. So. Sein Herz sackte in den Magen und klopfte dort weiter, langsam, gemessen, wie ein Rammbär. So also... Die Tür zu seiner Wohnung war angelehnt.

Auf Zehenspitzen schlich er näher und lauschte. In der Wohnung war jemand. Eine unbekannte Männerstimme sagte etwas, eine unbekannte Kinderstimme antwortete …

Fünftes Kapitel

10

...hockte ein fremder Mann und klaubte die Scherben eines Kognakglases auf. Außerdem war ein Junge in der Küche, etwa fünf Jahre alt. Die Hände unterm Podex, saß er auf dem Hocker am Tisch, baumelte mit den Beinen und sah zu, wie die Scherben aufgesammelt wurden.

»Mensch, Alter!« rief Waingarten ungestüm, als er Maljanow kommen sah. »Wo hast du gesteckt?«

Seine riesigen Wangen glühten lila, die Augen, schwarz wie Oliven, glänzten, das drahtige pechschwarze Haar stand nach allen Seiten ab. Anscheinend hatte er schon tüchtig getankt. Auf dem Tisch prangte eine halbleere Flasche Export-Stolitschnaja nebst allen möglichen leckeren Happen vom Bestelldienst.

»Reg dich ab und laß fünf grade sein«, fuhr Waingarten fort. »Am Kaviar haben wir uns nicht vergriffen. Haben auf dich gewartet.«

Der Fremde hatte die Scherben aufgelesen und erhob sich. Es war ein baumlanger schöner Mann mit Norwegerbart und Bäuchlein. Er lächelte verlegen.

»Sososo!« sagte Maljanow, die Küche betretend, wobei er fühlte, wie sein Herz wieder aus dem Magen stieg und seinen angestammten Platz einnahm. »Mein Heim ist meine Festung – heißt es nicht so?«

»Im Sturm erobert, Vater, im Sturm!« röhrte Waingarten. »Mensch, woher hast du den Wodka? Und die Fressalien?«

Maljanow reichte dem Fremden die Hand, und der streckte ihm seine entgegen, die jedoch voller Glasscherben war. Ein Augenblick leichter Verlegenheit.

»Wir haben hier ohne Sie gehaust«, sagte der Fremde konfus. »Das hier war ich.«

»Macht nichts, macht nichts. Hier hinein bitte, in den Eimer.«

»Der Onkel ist feige«, sagte plötzlich laut und deutlich der Junge.

Maljanow zuckte zusammen. Und die anderen anscheinend auch.

»Ei, ei – schön artig sein«, belehrte der Fremde den Jungen und drohte ihm ziemlich hilflos mit dem Finger.

»Knabe!« sagte Waingarten. »Du hast Schokolade gekriegt. Also sitz und iß. Und sei nicht so vorlaut.«

»Wieso bin ich feige?« fragte Maljanow, sich setzend. »Warum beleidigst du mich?«

»Ich beleidige dich doch nicht«, widersprach der Junge und betrachtete Maljanow wie ein exotisches Tier. »Ich sage bloß, wie du bist.«

Inzwischen hatte sich der Fremde der Scherben entledigt, reinigte mit dem Taschentuch die Hand und reichte sie Maljanow.

»Sachar«, stellte er sich vor.

Sie tauschten den vorgeschriebenen Händedruck.

»Zur Sache, kommt zur Sache!« rief Waingarten, sich die Hände reibend. »Schaff noch zwei Gläser her.«

»Hört mal, Jungs«, sagte Maljanow. »Wodka trink ich nicht.«

»Na dann Wein«, schlug Waingarten vor. »Da sind noch zwei Flaschen weißer.«

»Nein, lieber Kognak. Sachar, angeln Sie Kaviar und Butter aus dem Kühlschrank... Und was sonst noch da ist. Bin mordshungrig.«

Maljanow ging zur Bar, nahm eine Flasche Kognak und Gläser, zeigte dem Sessel, in dem unlängst der Tonton Macoute gesessen hatte, die Zunge und kehrte in die Küche zurück. Der Tisch bog sich unter den Leckerbissen. Ich befreß und besauf mich, dachte Maljanow voll grimmiger Freude. Prächtig von den Jungs, daß sie da sind.

Aber alles kam anders. Kaum hatten sie ein Gläschen intus, kaum hatte sich Maljanow mit Geknurr über eine riesige Kaviarstulle hergemacht, als Waingarten stocknüchtern erklärte: »Und jetzt, Vater, laß hören, was mit dir passiert ist.«

Maljanow verschluckte sich fast.

»Woraus schließt du...«

»Ich bitte dich!« sagte Waingarten, der keinesfalls mehr wie ein Pfannkuchen strahlte. »Wir sind hier drei, und mit jedem von uns ist was passiert. Also keine falsche Scham. Was hat der Rothaarige zu dir gesagt?«

»Wetscherowski?«

»Aber nein, wieso Wetscherowski? Bei dir war doch so ein feuerroter Wicht, in einem knallengen schwarzen Anzug... Was hat er gesagt?«

Maljanow biß von seinem Brot so viel ab, wie irgend in den

Mund reinpaßte, und kaute, ohne was zu schmecken. Die andern drei sahen ihn an. Sachar betreten, mit zaghaftem Lächeln, den Blick immer wieder abwendend. Waingarten rollte wie ein Wilder die Augen und war kurz davor loszubrüllen. Der Junge aber, einen belabberten Schokoladenriegel in der Hand, beugte sich so weit vor, als wollte er Maljanow in den Mund springen.

»Leute«, sagte Maljanow schließlich. »Was denn für Rothaarige? Bei mir waren keine Rothaarigen. Mich hat's weit schlimmer erwischt.«

»Na mach schon – erzähl!« sagte Waingarten ungeduldig.

»Warum denn gerade ich?« sperrte sich Maljanow. »Geheimnisse habe ich keine – aber was mimst du hier dauernd den Papst! Erzähl doch selber! Woher weißt du überhaupt, daß mit mir was passiert ist?«

»Erst erzählen – dann erzähl ich meins«, beharrte Waingarten. »Und Sachar seins.«

»Na dann los, erzählt doch!« sagte Maljanow und strich sich mit flatternden Händen ein neues Brot. »Ihr seid zwei und ich bin einer.«

»*Du* sollst erzählen!« befahl plötzlich der Junge und wies mit dem Finger auf Maljanow.

»Schön brav sein«, flüsterte Sachar bestürzt.

Waingarten lachte unfroh.

»Ist das Ihrer?« fragte Maljanow Sachar.

»Vermutlich«, erwiderte Sachar nebulös und schlug die Augen nieder.

»Seiner, seiner«, sagte Waingarten kribblig. »Übrigens hat das was mit seiner Erzählung zu tun. Los, Dimka, zier dich nicht so.«

Sie brachten Maljanow völlig aus dem Konzept. Er legte die Stulle auf den Tisch und erzählte. Restlos alles, von den Telefonanrufen an. Wenn man eine haarsträubende Geschichte innerhalb weniger Stunden zum zweitenmal erzählt, gewinnt man ihr schließlich auch komische Seiten ab. Maljanow merkte gar nicht, wie er in Fahrt geriet. Waingarten wieherte alle naselang, wobei er seine großen gelben Hauer bleckte, und Maljanow überschlug sich fast, um auch den schönen Sachar zum Lachen zu bringen, doch umsonst – der lächelte bloß verstört und nahezu kläglich. Und als Maljanow zum Selbstmord Snegowois kam, verging ihnen allen das Lachen.

»Schwindel!« keuchte Waingarten.

Maljanow zuckte die Achseln.
»Ich wiederhole nur, was man mir erzählt hat«, erwiderte er. »Und seine Tür ist versiegelt – geh doch hin und sieh's dir an.«
Eine Weile saß Waingarten stumm da und klopfte mit seinen Wurstfingern auf den Tisch, wobei seine Wangen im Takt schwabbelten. Plötzlich stand er geräuschvoll auf, zwängte sich, ohne jemand anzublicken, zwischen Sachar und dem Jungen durch und klabasterte hinaus.
Sie hörten, wie das Türschloß schnappte, Kohlsuppendunst zog herein.
»Mm-ch-ch«, machte Sachar bedrückt.
Sogleich hielt ihm der Junge das belabberte Stück Schokolade hin und forderte: »Abbeißen!«
Sachar biß gehorsam ab und kaute. Die Tür klappte. Waingarten zwängte sich, wieder ohne jemand anzublicken, zu seinem Stuhl durch, platschte sich Wodka ins Glas und bellte heiser: »Los, weiter!«
»Nix – weiter. Anschließend bin ich zu Wetscherowski gegangen. Die Knilche waren weg, ich bin zu ihm... Von dort komm ich grade.«
»Und der Rothaarige?« fragte Waingarten ungeduldig.
»Ich sag dir doch, du Kamel – ich weiß nichts von deinem Rothaarigen!«
Waingarten und Sachar tauschten einen Blick.
»Akzeptiert«, sagte Waingarten. »Und die flotte Biene, Lidotschka – hat sie dir keine Angebote gemacht?«
»Na ja-a... Wie soll ich sagen...« Maljanow grinste verschämt. »Also – wenn ich so richtig gewollt hätte...«
»Pfui Deibel, du Trottel! Ich mein doch nicht das!... Na schön, und der Kriminaler?«
»Weißt du was, Valka«, sagte Maljanow. »Ich hab dir alles genau erzählt. Du kannst mich mal... Ehrenwort, das dritte Verhör heute.«
»Valja«, warf Sachar unsicher ein, »vielleicht ist es bei ihm wirklich anders?«
»Red keinen Stuß, Vater!« ging Waingarten hoch. »Was soll denn da anders sein? Er will arbeiten, und man läßt ihn nicht. Wieso ist das anders? Und außerdem hat man ihn mir genannt!«
»Was, wer hat mich genannt?« fragte Maljanow, auf neue Heimsuchungen gefaßt.

»Pullern!« verkündete der Junge mit schneidend klarer Stimme. Alle wandten sich ihm zu. Er blickte sie der Reihe nach an, rutschte vom Hocker und sagte zu Sachar: »Mitgehen!«

Sachar lächelte schuldbewußt, erwiderte: »Na komm«, und sie verschwanden im Lokus. Man hörte, wie sie Kaljam aus dem Klobecken scheuchten.

»Wer hat mich genannt?« fragte Maljanow Waingarten. »Was soll denn das schon wieder?«

Mit gesenktem Kopf lauschte Waingarten den Geräuschen, die aus der Toilette drangen.

»Gubar sitzt in der Scheiße!« sagte er mit trauriger Genugtuung. »Bis an die Ohren!«

Maljanow kam eine verschwommene Erinnerung.

»Gubar?«

»Na ja, Sachar. Du weißt doch, der Krug geht so lange zum Brunnen...«

Da fiel es Maljanow wieder ein.

»Ist er bei den Raketentruppen?«

»Wer? Sachar?« staunte Waingarten. »Ach wo, glaub ich nicht... Ingenieur ist er, mit goldenen Händen. Baut Flöhe, mit elektronischer Steuerung... Aber nicht da liegt der Hund begraben. Sein Pech ist, daß er ein Sklave seiner Wünsche ist. Wie er sich selber ausdrückt. Und das stimmt, Vater. Hundertprozentig.«

Der Junge kehrte in die Küche zurück und kraxelte auf den Hocker. Sachar folgte ihm.

»Wissen Sie, Sachar«, sagte Maljanow zu ihm, »mir war doch völlig entfallen: Snegowoi hat mich nach Ihnen gefragt.«

Da sah Maljanow zum erstenmal mit eigenen Augen, wie ein Mensch die Farbe verlor, buchstäblich kreidebleich wurde.

»Nach mir?« fragte Sachar, lautlos die Lippen bewegend.

»Ja... Gestern abend.« Maljanow erschrak. Solche Reaktion kam ihm dann doch unerwartet.

»Nanu, hast du ihn etwa gekannt?« fragte Waingarten leise Sachar.

Sachar schüttelte stumm den Kopf, fingerte nach einer Zigarette, verschüttete dabei die halbe Schachtel auf dem Fußboden und sammelte die Zigaretten hastig wieder ein. Waingarten räusperte sich, brummte: »Auch das noch...«, und goß allen wieder ein.

Da sagte der Junge: »Große Sache! Was besagt das schon!«

Maljanow zuckte abermals zusammen, Sachar jedoch straffte sich ein wenig und blickte den Sohn mit leiser Hoffnung an.

»Ist doch bloß Zufall«, fuhr der Junge fort. »Guckt mal ins Telefonbuch: da gibt es acht Gubars...«

11

... kannte Maljanow von der sechsten Klasse an. In der siebenten hatten sie sich angefreundet und waren dann bis zum Abitur Banknachbarn gewesen. Die Jahre vergingen, aber Waingarten änderte sich nicht, nahm lediglich an Umfang zu. Seit jeher war er lustig, dick, sinnlich, seit jeher sammelte er was: Briefmarken, Münzen, Poststempel, Flaschenetiketts. Ja, einmal – da war er bereits Biologe – kam er auf die Schnapsidee, Exkremente zu sammeln: weil ihm Shenka Sidorzew aus der Antarktis Walfischkot mitgebracht hatte und Sanja Shitnjuk aus Pendshikent menschliche Fäkalien, und zwar keine einfachen, sondern versteinerte, aus dem neunten Jahrhundert. Ewig behelligte er alle, sie sollten ihm ihr Kleingeld zeigen – wegen irgendwelcher besonderer Kupfermünzen. Und ewig war er auf fremde Briefe erpicht und schnorrte Kuverts mit Stempeln.

Bei alldem verstand er was von seinem Fach. Im Institut für Pflanzenschutz bei der Akademie der Wissenschaften war er längst Arbeitsgruppenleiter, er mixte in zwanzig verschiedenen Kommissionen mit, heimischen und internationalen, trieb sich fortwährend im Ausland auf irgendwelchen Kongressen rum und war überhaupt schon fast Doktor habil. Von all seinen Bekannten achtete er Wetscherowski am meisten, da dieser Preisträger war und er, Waingarten, geradezu danach fieberte, Preisträger zu werden. Hundertmal hatte er Maljanow vorgeschwärmt, wie er sich dann die Medaille anstecken und zum Rendezvous gehen würde.

Aufschneiden konnte er schrecklich. Er war ein glänzender Erzähler, nichtssagende Vorfälle verwandelten sich in seinem Munde in Dramen à la Graham Greene oder Le Carré. Aber so seltsam es auch klingen mag, er schwindelte fast nie und schämte sich in Grund und Boden, wenn man ihn bei einer seiner seltenen Schwindeleien ertappte. Irka mochte ihn nicht – unbegreiflich, weshalb. Maljanow nahm stark an, daß Waingarten in jüngeren

Jahren, noch vor Bobkas Geburt, Irka nachgestellt und dabei irgend etwas verpatzt hatte. An sich war er ein Frauenheld sondergleichen, aber durchaus nicht von der fiesen, primitiv geilen Art, sondern fröhlich draufgängerisch, in Siegen wie in Niederlagen gleichermaßen geübt. Für ihn war jedes Stelldichein ein Abenteuer, egal wie es endete. Swetka, eine ungewöhnlich schöne, doch zur Melancholie neigende Frau, hatte sich längst mit allem abgefunden, um so mehr, als er nichts auf sie kommen ließ und sich dauernd ihretwegen in aller Öffentlichkeit prügelte. Überhaupt prügelte er sich gern, und mit ihm in Gaststätten zu gehen war eine Strafe. Kurzum, er lebte fröhlich und ausgeglichen, hatte Erfolg und ließ sich durch nichts sonderlich erschüttern.

Die seltsamen Verwicklungen hatten, wie sich herausstellte, bereits vor zwei Wochen eingesetzt, als die im vorigen Jahr aufgenommene Versuchsserie plötzlich völlig unerwartete, ja sensationelle Ergebnisse zeitigte. (»Ihr versteht das nicht, Väter, das hat was mit umgekehrter Transkriptase zu tun, das ist die RNS-abhängige DNS-Polymerase, also einfach eine Revertase, ein bestimmtes Ferment in der Substanz der Krebsviren, und das, Väter, riecht verdammt nach Nobelpreis...«) In Waingartens Labor erkannte keiner außer ihm selber den Wert der Resultate. Den meisten war das alles wie immer schnuppe, die übrigen meinten, die Serie sei gescheitert. Es war übrigens gerade Sommer, und alle hatten nur ihren Urlaub im Kopf. Aber Waingarten dachte nicht daran, ihnen die Urlaubsscheine zu unterschreiben! Im Nu war der Knatsch perfekt: Anwürfe, Gewerkschaftskomitee, Parteileitung. Und als die Wogen am höchsten schlugen, teilte man Waingarten auf einer Sitzung offiziös mit, es gebe folgende Idee: den Genossen Waingarten, Valentin Andrejewitsch, zum Direktor des brandneuen, hypermodernen biologischen Zentrums in Dobroljubow einzusetzen, dessen Bau kurz vor dem Abschluß stehe.

Von dieser Mitteilung schwirrte V. A. Waingarten der Kopf, dennoch erkannte er, daß der Direktorposten erstens noch eine Taube auf dem Dach war und zweitens, falls er sich in einen Spatzen in der Hand verwandelte, seiner, V. A. Waingartens, schöpferischen Arbeit für mindestens anderhalb bis zwei Jahre einen Riegel vorschob. Aber der Nobelpreis, Väter, bleibt eben der Nobelpreis.

Daher bat sich Waingarten erst einmal Bedenkzeit aus und kehrte ins Labor zu seiner mysteriösen umgekehrten Transkriptase und seinem nicht verebbenden Knatsch zurück. Keine zwei Tage verstrichen – da ließ ihn der Abteilungsleiter kommen, erkundigte sich nach dem Fortgang der Arbeit (»Ich hielt den Mund, Väter, war vorsichtig bis zum Gehtnichtmehr...«) und riet ihm, diesen fragwürdigen Nonsens fallenzulassen und sich dem und dem Thema zu widmen, das große volkswirtschaftliche Bedeutung habe und daher unerschöpfliche materielle und geistige Vorteile verspräche, wofür er als Chef und Akademiemitglied seine Hand ins Feuer lege.

Total überwältigt von all diesen sich urplötzlich auftuenden Horizonten, war Waingarten so leichtfertig, zu Hause anzugeben, und zwar nicht schlechthin zu Hause, sondern angesichts seiner Schwiegermutter, die er stets Käpt'n nannte, weil sie tatsächlich Fregattenkapitän im Ruhestand war. Und schon ballten sich dicke Wolken über ihm zusammen. (»Väter, seit dem Abend ging es bei uns zu wie in einem Sägewerk. Dauernd sägten sie an mir herum, ich sollte gleich und sofort ja sagen zu allem...«)

Das Labor indes förderte allem Kladderadatsch zum Trotz unentwegt Resultate zutage, die eins überraschender als das andere waren. Da plötzlich segnete eine Tante das Zeitliche, eine Verwandte väterlicherseits um x Ecken, und bei der Auflösung des Haushalts entdeckte Waingarten auf dem Dachboden ihres Hauses in Kawgolowo eine ganze Kiste mit sowjetischen Münzen, die einundsechzig aus dem Verkehr gezogen worden waren. Wer Waingarten kennt, weiß: Kaum hatte er diese Kiste gefunden, da verlor er jegliches Interesse an allen übrigen Phänomenen des Lebens, den heranreifenden Nobelpreis inbegriffen. Er verschanzte sich zu Hause, sortierte vier Tage lang den Inhalt der Kiste und blieb allen Anrufen aus dem Institut und dem sägenden Käpt'n gegenüber taub und stumm. Die Kiste enthielt bemerkenswerte Stücke. O ja – großartige! Aber nicht das war es.

Als er nach der Münzendurchsicht ins Labor zurückkehrte, sah er sofort, daß die Entdeckung sozusagen aus dem Ei geschlüpft war. Natürlich war noch vieles unklar, mußte alles erst in die richtige Form gebracht werden – keine geringe Arbeit übrigens –, aber es bestand kein Zweifel mehr: Die Entdeckung war reif. Nun legte sich Waingarten voll ins Zeug. Stante pede machte er Schluß mit dem Knatsch im Labor (»Väter – wie ich sie alle in Urlaub scheuchte!«), schaffte binnen vierundzwanzig Stunden Käpt'n samt Gören auf die Datsche, sagte alle Treffs und Stelldicheins ab und wollte gerade, in seiner Wohnung verschanzt, zum letzten, entscheidenden Schlag ausholen, als der vorgestrige Tag anbrach.

Vorgestern nämlich, kaum daß er sich an die Arbeit gesetzt hatte, war in seiner Wohnung dieser Rothaarige aufgetaucht – ein kleines Männlein mit kupferrotem Schopf und bleichem Gesicht, in einen bis ans Kinn zugeknöpften schwarzen Anzug von uralter Fasson gepfercht. Es trat aus dem Kinderzimmer, und während Waingarten noch sprachlos nach Luft schnappte, saß der Gnom bereits vor ihm auf der Tischkante und redete darauf los. Ohne Umschweife erklärte er, daß eine gewisse außerirdische Zivilisation schon seit langem aufmerksam und besorgt seine, V. A. Waingartens, Experimente verfolge. Daß die letzte Arbeit besagten Waingartens sie besonders beunruhige. Daß er, der Gnom also, ermächtigt sei, Waingarten den sofortigen Abbruch besagter Arbeit und die Vernichtung sämtlichen Materials anzuempfehlen.

Warum wir das fordern, hat Sie nicht zu interessieren, erklärte der Kupferrote. Wissen sollen Sie nur, daß wir uns bemüht haben, den Fall auf natürlichem Wege zu bereinigen. Sie irren, wenn Sie annehmen, der Direktorposten und das neue, aussichtsreiche Thema, die Ihnen angetragen wurden, der Münzenfund auf dem Boden und der sattsam bekannte Knatsch in Ihrem Labor – ja, auch der – seien Werke des Zufalls. Wir haben versucht, Sie aufzuhalten. Doch wir konnten Sie lediglich bremsen, und das auch nur für kurze Zeit. Darum sahen wir uns zu einer so extremen Maßnahme genötigt wie dieser persönlichen Vorsprache. Nehmen Sie zur Kenntnis: Alle Angebote, die Ihnen gemacht wurden, bleiben in Kraft, es steht Ihnen frei, auf jedes von ihnen zurückzugreifen, sobald Sie unserer Forderung nachgekommen sind. Mehr noch, im letztgenannten Fall gedenken wir, auch Ihre kleinen, durchaus verständlichen Wünsche zu erfüllen, die aus den Schwächen erwachsen, die der menschlichen Natur eigen sind. Darf ich Ihnen, gewissermaßen als Unterpfand, dieses bescheidene Präsent überreichen...

Mit diesen Worten griff der Rotschopf buchstäblich aus der Luft ein voluminöses Paket und warf es vor Waingarten auf den Tisch. Wie sich dann erwies, enthielt es herrliche Briefmarken, deren Gesamtwert ein Nicht-Philatelist gar nicht ermessen kann.

Waingarten dürfe keineswegs glauben – so fuhr der rothaarige Gnom fort –, daß er der einzige Erdenmensch sei, dem das Augenmerk der Superzivilisation gelte. Unter Waingartens Bekannten gebe es mindestens drei, deren Tätigkeit zu gegebener Zeit ebenfalls unterbunden werde. Er, also der Rothaarige könne Personen nennen wie Maljanow, Dmitri Alexejewitsch, Astronom, Gubar, Sachar Sacharowitsch, Ingenieur und Snegowoi, Arnold Pawlowitsch, Chemophysiker. Waingarten, V. A., erhielt drei Tage Bedenkzeit, vom nämlichen Moment an, danach würde sich die Superzivilisation befugt sehen, mit »Maßnahmen der Stufe drei« durchzugreifen.

»Während er mir all das klarmachte«, sagte Waingarten, wobei er fürchterlich die Augen verdrehte und den Unterkiefer vorschob, »also, Väter – da hab ich bloß immer gedacht: wie ist er in die Wohnung gelangt, der Halunke. Ohne Schlüssel? Wo die Tür auch noch verriegelt war. Am Ende ist es ein Einbrecher, der es nicht länger unter der Couch ausgehalten hat? Na, denk ich, dich lehr ich gleich Mores... Aber wie ich noch so überlegte, war der rothaarige Lump mit seiner Rede fertig und...« Waingarten machte eine effektvolle Pause.

»...flog – schwupp! – aus dem Fenster!« zischte Maljanow.

»Hierher fliegt er dir!« Ohne auf das anwesende Kind Rücksicht zu nehmen, tippte sich Waingarten auf eine unanständige Stelle. »Er ist nicht weggeflogen. Er ist einfach verschwunden.«

»Valka...«, sagte Maljanow.

»Glaub mir, Alter! So hat er vor mir gesessen, auf dem Tisch... Grade will ich ihm eins in die Fresse hauen, freihändig aus dem Sitz – da ist er plötzlich weg. Wie im Kino.«

Waingarten nahm das letzte Stück Stör und stopfte es sich in den Schlund.

»Moam«, sagte er, »moam, muam«, würgte den Bissen runter, klappte mit den feuchtgewordenen Augen und sprach weiter: »Jetzt hab ich mich ja schon etwas gefaßt, Väter, aber an dem Tag, da saß ich da, die Augen zu, erinnerte mich an seine Worte, und bei mir drin bibberte alles wie beim Ferkel der Schwanz. Ich dachte, mich trifft der Schlag. Noch nie war mir so was passiert. Hab mich in Schwiegermutters Zimmer geschleppt und Baldrian geschluckt – umsonst. Da seh ich, sie hat Brom stehen. Hab auch noch Brom geschluckt...«

...»Fälschungen«, sagte Maljanow schließlich. Waingarten schwieg verächtlich. »Na, dann eben Neudrucke.«

»Dummkopf«, versetzte Waingarten lakonisch und steckte das Album weg.

Maljanow war am Ende seines Lateins. Plötzlich begriff er: Wäre das alles Schwindel oder schlechthin Wahrheit und nicht schreckliche Wahrheit, dann hätte Waingarten es umgekehrt gemacht: Erst die Briefmarken gezeigt und hinterher eine mehr oder minder glaubwürdige Flunkerstory drumrumgerankt

»Na, und was jetzt?« fragte Maljanow und fühlte, wie sein Herz wieder absackte.

Die anderen hüllten sich in Schweigen. Waingarten goß sich Kognak ein, trank solo und aß den letzten Rollmops nach. Gubar sah stumpfsinnig zu, wie sein merkwürdiger Sohn konzentriert, sehr ernst und bleich im Gesicht, mit Schnapsgläsern spielte. Dann erzählte Waingarten weiter, nun schon völlig witzlos, lasch, kaum die Lippen bewegend. Wie er ans Telefon gestürzt war, um Gubar anzurufen, der sich jedoch nicht gemeldet hatte, wie er danach Maljanow anrief und erfuhr, daß Snegowoi tatsächlich existierte; was für einen Schreck er bekam, als Maljanow zur Tür ging, um Lidotschka einzulassen, und ewig nicht ans Telefon zurückkehrte; wie er nicht schlafen konnte, die ganze Nacht in der Wohnung herumlief und dachte, dachte, dachte, Brom schluckte und weiterdachte; wie er Maljanow heute angerufen hatte und nach den ersten Worten merkte, daß man auch ihn schon am Wickel hatte. Und dann war Gubar zu ihm gekommen, mit *seinen* Unannehmlichkeiten...

Sechstes Kapitel

13

…erfuhr, daß Gubar schon als Kind ein großer Faulpelz und Nichtsnutz gewesen war und sexuell interessiert dazu. Die Zehnklassenschule hatte er nicht beendet, er war von der neunten abgegangen, erst Krankenpfleger, dann Müllkutscher, dann Laborant im Institut für Pflanzenschutz gewesen – daher kannte er Valka – und arbeitete jetzt in einem wissenschaftlichen Forschungsinstitut an irgendeinem gigantischen, hochwichtigen Projekt, das mit Energetik zusammenhing. Fachausbildung hatte er keine, war jedoch von klein auf begeisterter Rundfunkbastler, spürte die Elektronik mit der Seele, dem Rückenmark und kam in seinem Institut rasend schnell voran, obwohl ihn das fehlende Diplom auf Schritt und Tritt behinderte.

Ein paar seiner Erfindungen waren patentiert, zwei, drei hatte er gerade in Arbeit, und er konnte sich beim besten Willen nicht vorstellen, welche ihm die Unannehmlichkeiten eingebracht hatte. Er glaubte, eine vom Vorjahr – da hatte er was im Zusammenhang mit der »Nutzanwendung der Fadings« erfunden. Er glaubte es, war sich aber keinesfalls sicher.

Im übrigen waren der Angelpunkt seines Lebens die Frauen. Sie umschwirrten ihn wie die Fliegen. Und als sie ihn aus unerfindlichen Gründen nicht mehr umschwirrten, umschwirrte er sie. Seine einzige Heirat hatte ihm mehr als peinliche Erinnerungen nebst vielfältigen Lehren beschert, seither übte er, was das betraf, äußerste Vorsicht. Kurzum, sein Frauenverbrauch war phantastisch, neben ihm wirkte Waingarten wie ein Asket, Anachoret und Stoiker. Dabei war er durchaus kein Fiesling. Seinen Frauen begegnete er mit Hochachtung, ja Bewunderung, und wie es schien, sah er in seiner Person lediglich die bescheidene Quelle ihres Vergnügens. Nie legte er sich zwei Freundinnen gleichzeitig zu, nie ließ er es zu Intrigen und Skandalen kommen, anscheinend beleidigte er keine seiner Frauen. So daß in dieser Hinsicht seit seiner verkorksten Ehe alles zum besten bestellt war. Bis auf die allerletzte Zeit.

Er selber glaubte, die von den Außerirdischen verursachten Unannehmlichkeiten hätten bei ihm mit einem widerlichen Hautausschlag an den Beinen begonnen. Mit diesem Ausschlag war er sofort zum Arzt gerannt, da er stets auf seine Gesundheit bedacht und in bezug auf Krankheiten modern eingestellt war. Der Arzt beruhigte ihn, gab ihm irgendwelche Pillen, der Ausschlag verging, doch da setzte eine Fraueninvasion ein. Sie kamen in Scharen zu ihm, alle Frauen, mit denen er je was gehabt hatte. Sie belagerten seine Wohnung zu zweit, zu dritt, und an einem besonders schrecklichen Tag waren es sogar ihrer fünf. Wobei ihm völlig schleierhaft blieb, was sie von ihm wollten. Ja, mehr noch, er gewann den Eindruck, daß sie es selber nicht wußten. Sie schmähten und beschimpften ihn, flehten ihn kniefällig um etwas an, aus dem er nicht schlau wurde, rauften sich wie tolle Katzen, zerschmissen sein ganzes Geschirr, zertrümmerten das blaue japanische Waschbecken, demolierten die Möbel. Sie tobten hysterisch, wollten sich vergiften und ihn gleich dazu. Sie waren unersättlich und höchst anspruchsvoll in der Liebe. Dabei waren viele von ihnen längst verehelicht, liebten ihre Männer und Kinder, und die Männer tauchten ebenfalls bei Gubar auf und benahmen sich ebenfalls merkwürdig (in diesem Punkt seiner Erzählung blieb er ziemlich ungenau).

Kurzum, sein Leben wurde zur Hölle, er nahm sechs Kilo ab, bekam Ausschlag am ganzen Körper, an Arbeit war überhaupt nicht mehr zu denken, und er sah sich genötigt, unbezahlten Urlaub zu nehmen, obwohl er bis zum Hals in Schulden steckte. (Anfangs hatte er sich vor dem Frauenansturm in sein Institut geflüchtet, doch sehr bald war ihm klargeworden: Damit erreichte er lediglich, daß seine rein privaten Unannehmlichkeiten an die große Glocke kamen. In diesem Punkt blieb er ebenfalls ungenau.)

Der Hexensabbat dauerte pausenlos zehn Tage und endete schlagartig vorgestern. Gerade hatte er eine der Unglücklichen ihrem Ehegatten überantwortet, einem finsteren Milizsergeanten, als plötzlich eine Frau mit einem Kind erschien. An diese Frau konnte er sich erinnern. Vor sechs Jahren hatten sie sich wie folgt kennengelernt. Sie waren zusammen in einem überfüllten Bus gefahren. Er sah sie an, und sie gefiel ihm. Verzeihen Sie, sagte er, haben Sie nicht zufällig Papier und Bleistift? Ja, bitte, erwiderte sie und zog das Gewünschte aus ihrem Täschchen. Vielen, lieben Dank, sagte er. Und jetzt notieren Sie um Himmels willen Ihre Telefonnummer und Ihren Namen... Sie verlebten entzückende Tage am Rigaer Strand und trennten sich ohne viel Umstände –

wie es schien, für immer, überaus befriedigt und ohne noch etwas voneinander zu wollen.

Und nun stand sie wieder vor ihm, den Jungen an der Hand, und erklärte, es sei sein Sohn. Sie war schon drei Jahre verheiratet, mit einem sehr guten und überdies sehr bekannten Mann, den sie grenzenlos liebte und verehrte. Sie wußte nicht, warum sie gekommen war. Sobald Gubar es zu ergründen suchte, brach sie in Tränen aus. Sie rang die Hände, und es war offensichtlich, daß sie ihr Verhalten gemein und frevelhaft fand. Aber sie ging nicht weg. Die vierundzwanzig Stunden, die sie bei Gubar in der verwüsteten Wohnung zubrachte, waren wohl die schlimmsten für ihn. Sie benahm sich wie eine Mondsüchtige, sie redete dauernd auf ihn ein, Gubar verstand zwar die einzelnen Worte, doch absolut nicht den Sinn. Plötzlich, gestern früh, war sie gleichsam zu sich gekommen. Sie hatte Gubar aus dem Bett gezerrt, ins Badezimmer geführt, alle Wasserhähne aufgedreht und ihm völlig unglaubwürdiges Zeug ins Ohr getuschelt.

Nach ihren Worten (in Gubars Interpretation) gab es auf der Erde seit Urzeiten einen gewissen okkulten Bund der Neun. Das waren irgendwelche mordsmäßig geheimen weisen Männer, die entweder außerordentlich lang lebten oder überhaupt unsterblich waren und sich mit zwei Dingen beschäftigten: Erstens erfaßten und verarbeiteten sie sämtliche Erkenntnisse ausnahmslos aller Wissenschaften unseres Planeten, und zweitens achteten sie darauf, daß sich die eine oder andere wissenschaftlich-technische Neuerung nicht in ein Mittel zur Selbstvernichtung der Menschheit verwandelte. Sie, die neun Weisen, waren nahezu allwissend und faktisch allmächtig. Sich vor ihnen zu verbergen war unmöglich, Geheimnisse existierten für sie nicht, gegen sie zu kämpfen war sinnlos. Und eben dieser Bund der Neun sei jetzt mit Sachar Gubar befaßt. Warum gerade mit ihm, das wisse sie nicht. Was Gubar tun solle, auch nicht. Darauf müsse er schon selber kommen. Sie wisse nur, daß alle Unannehmlichkeiten der letzten Zeit ihn warnen sollten. Auch sie habe man zur Warnung geschickt. Und damit er die Warnung nicht vergäße, sei ihr befohlen worden, den Jungen bei ihm zu lassen. Wer es ihr befohlen habe, wisse sie nicht. Auch sonst wisse sie nichts. Und wolle auch gar nichts wissen. Sie wolle nur, daß dem Jungen nichts zustoße. Sie beschwöre Gubar, sich nicht zu widersetzen, er solle zwanzigmal überlegen, ehe er etwas unternehme. Und jetzt müsse sie fort.

Ins Taschentuch schluchzend, verließ sie ihn. Gubar blieb mit dem Jungen allein – Auge in Auge. Was sich zwischen ihnen bis drei Uhr nachmittags abgespielt hatte, mochte er nicht erzählen. Abgespielt hatte sich aber was. (Der Kommentar des Jungen war kurz und bündig: »Na was schon, ich habe ihm den Marsch geblasen.«)

Um drei hielt Gubar es nicht mehr aus, rief in seiner Panik Waingarten an und rannte zu ihm, zu seinem besten, meistgeschätzten Freund.

»Ich kapier noch immer nichts«, bekannte er zum Schluß. »Ich hab gehört, was Valja erzählt hat und was Sie erzählt haben, Dimka ... Trotzdem kapier ich nichts. Es vereinbart sich schlecht. Und will mir nicht in den Kopf. Vielleicht liegt es bloß an der Hitze? So heiß war es seit zweihundertfünfzig Jahren nicht, wird erzählt. Alle drehen durch, jeder auf seine Weise ... Wir auch ...

»Hör auf, Sachar«, sagte Waingarten, ärgerlich die Stirn runzelnd. »Du hast mehr Sinn fürs Konkrete, verschon uns mit deinen Hypothesen.«

»Was denn für Hypothesen!« sagte Gubar trübselig. »Mir ist auch ohne Hypothesen klar, daß uns nichts Vernünftiges einfällt. Wir sollten es einfach melden, den zuständigen Stellen.«

Waingarten blickte ihn vernichtend an.

»Und wer – was meinst du wohl – wer ist dafür zuständig? Na?«

»Was weiß ich«, versetzte Gubar trist. »Es gibt doch bestimmt Instanzen ... Die Organe zum Beispiel, denen sollten wir es melden ...«

Da kicherte der Junge ungeniert, und Gubar brach ab. Maljanow stellte sich vor, wie Waingarten zu der zuständigen Instanz kommt und dem nachdenklich ernsten Untersuchungsführer sein Märchen von dem roten Wicht in dem engen schwarzen Anzug auftischt. Auch Gubar nähme sich in dieser Situation mehr als komisch aus. Und was ihn, Maljanow, betraf ...

»Nein, Leute«, sagte er. »Von mir aus macht, was ihr wollt, aber mich kriegt ihr dort nicht hin. Bei mir nebenan ist ein Mieter unter merkwürdigen Umständen gestorben, und schließlich bin ich es, der ihn zuletzt gesehen hat. Und überhaupt brauch ich nirgends hinzugehen, mich holen sie sowieso.«

Sofort goß ihm Waingarten Kognak ein, und Maljanow kippte das Glas hinunter, ohne etwas zu schmecken. Waingarten seufzte.

»Ja, Väter«, sagte er. »Beraten können wir uns mit niemand.

Sonst landen wir noch in der Klapsmühle. Wir müssen schon selber rauskriegen, was Sache ist. Los, Dimka. Du hast doch Grips im Schädel. Los, äußre dich.«

Maljanow rieb sich mit den Fingern die Stirn.

»Im Schädel hab ich eher Kork«, sagte er. »Und zu äußern hab ich nichts. Ist doch alles Quatsch. Klar scheint mir bloß eins: Dir hat man unverblümt gesagt – laß dein Thema sausen. Mir hat man nichts gesagt, aber so das Leben vergällt...«

»Richtig!« unterbrach ihn Waingarten. »Faktum Nummer eins: Jemand schmeckt unsre Arbeit nicht. Frage: Wem? Notabene: Zu mir kommt ein Außerirdischer.« Waingarten bog die Finger ein. »Zu Sachar ein Agent vom Bund der Neun. Übrigens – hast du von diesem Bund mal gehört? Mir ist so, als wenn ich was darüber gelesen hätte, aber wo? Völlig vergessen. Also. Zu dir kommt überhaupt niemand... Das heißt doch – aber inkognito. Und was folgt daraus?«

»Na was?« fragte Maljanow verbiestert.

»Daß es gar keine Außerirdischen sind. Und auch keine vorsintflutlichen Weisen. Es ist ein Drittes, eine unbekannte Macht, der wir mit unsrer Arbeit das Konzept verderben.«

»Quatsch!« sagte Maljanow. »Unsinn, blühender Unsinn. Taugt einen Dreck. Überleg doch mal. Bei mir sind's die Sterne in den Gasstaubwolken, bei dir diese Revertase. Und bei Sachar: die technische Elektronik... Ja, auch Snegowoi ist das aufgefallen«, entsann er sich plötzlich. »Weißt du, was er gesagt hat? ›Hie das Landgut, dort das Wasser‹, hat er gesagt... Erst jetzt versteh ich, was er damit gemeint hat. Das heißt also, auch er hat sich den Kopf darüber zerbrochen, der arme Kerl... Oder glaubst du vielleicht, hier sind drei verschiedene Mächte am Werk?« fragte er giftig.

»Nicht doch, Alter, wart ab!« sagte Waingarten mit Nachdruck. »Sei nicht so voreilig!«

Er machte ein Gesicht, als hätte er längst alles durchschaut und würde gleich alles klarlegen, natürlich nur, wenn man ihn nicht dauernd unterbräche oder anderweitig störte. Aber er legte nichts klar, er verstummte und glotzte mit verquollenen Augen in die leere Rollmopsbüchse.

Alle schwiegen. Schließlich sagte Gubar leise: »Ich muß dauernd an Snegowoi denken. Das ist doch der Gipfel. Bestimmt hat man auch ihm irgendeine Arbeit verboten. Aber wie sollte er sie abbrechen – er war doch beim Militär, hatte sein Thema...«

»Pullern!« verlangte da der seltsame Junge, und als Gubar seufzend mit ihm in Richtung Toilette abzog, verkündete er lauthals: »Und groß machen!«

»Nein, Alter, du bist zu voreilig«, begann Waingarten plötzlich von neuem. »Stell dir bloß für einen Moment vor, es gibt auf der Erde eine Gruppe von Wesen, die mächtig genug sind, die Dinger zu drehen, die sie gerade drehen. Von mir aus dieser Bund der Neun. Worauf kommt es ihnen an? Darauf, bestimmte Themen mit bestimmten Erfolgsaussichten abzuwürgen? Wer weiß – vielleicht machen sich in Piter noch hundert andre Leute den Kopf heiß, wegen der gleichen Sache wie wir... Und auf der ganzen Welt – hunderttausend. Und fürchten sich, es einzugestehen, genau wie wir. Fürchten oder genieren sich... Manchem dagegen, manchem ist's recht! Leckere Happen werfen sie einem da hin...«

»Mir hat man keinen leckeren Happen hingeworfen«, versetzte Maljanow finster.

»Und das aus gutem Grund! Du bist doch ein selbstloser Trottel. Du kannst nicht mal wem was zustecken, wenn's sein muß. Für dich gibt's auf Schritt und Tritt unüberwindliche Hindernisse! In der Kneipe sind alle Tische besetzt – Hindernis. Nach Eintrittskarten stehen sie Schlange – Hindernis. Jemand schmeißt sich an deine Frau ran...«

»Hör auf, es reicht! Spar dir deine Redensarten!«

Waingarten fuhr kopfschüttelnd fort: »Sieh doch ein, Alter. Diese Mutmaßungen haben durchaus Hand und Fuß. Zugegeben, ihre Macht müßte demnach ungewöhnlich, phantastisch sein... Aber verdammt noch mal – wir haben doch Hypnose. Suggestion. Vielleicht sogar telepathische Suggestion! Nein, Alter, stell dir mal vor: Es gibt eine Rasse auf der Erde, eine uralte, vernunftbegabte, womöglich gar keine menschliche, die rivalisiert mit uns. Die haben geduldig gewartet, Informationen gesammelt, sich vorbereitet. Und jetzt holen sie zum Schlag aus. Wohlgemerkt: nicht offen, sondern weitaus schlauer. Sie begreifen: bergeweise Leichen zu fabrizieren wäre Nonsens, Barbarei, außerdem ein Bumerang. Also haben sie beschlossen: vorsichtig, mit dem Skalpell, ins zentrale Nervensystem, an die Grundlage aller Grundlagen, die erfolgversprechenden Entdeckungen... Verstehst du?«

Maljanow hörte alles und nichts. Ihm wurde speiübel. Die Ohren zuhalten, wegrennen, sich hinhauen, den Kopf im Kissen vergraben. Das war Angst. Mehr noch – kaltes Grauen. Flieh! Rette dich!

Wirf alles hin, verkriech, vergrab dich, soll alles futsch gehen... Untersteh dich! herrschte er sich an. Halt ein, du Idiot! So nicht, so gehst du kaputt. Und er sagte qualvoll: »Ja, ich verstehe. Alles Bockmist.«

»Wieso Bockmist?«

»Weil es ein Ammenmärchen ist.« Seine Stimme versagte, er räusperte sich. »Für Leser von zwölf Jahren an. Schreib einen Roman und bring ihn zum ›Kostjor‹. Wie der Pionier Wassja sämtliche Machenschaften entlarvt und alle besiegt...«

»So«, sagte Waingarten betont ruhig. »Haben wir das alles erlebt oder nicht?«

»Haben wir.«

»Sind die Erlebnisse phantastisch?«

»Angenommen, sie wären es.«

»Na also! und – wie willst du phantastische Vorfälle ohne phantastische Hypothesen erklären?«

»Mich betrifft das alles nicht«, sagte Maljanow. »Ja, ihr – ihr habt was Phantastisches erlebt. Aber ihr sauft vielleicht schon zwei Wochen wie die Löcher. Ich hab nichts Phantastisches erlebt. Ich bin Nichttrinker.«

Da lief Waingarten blaurot an, drosch mit der Faust auf den Tisch und brüllte, Maljanow müsse ihnen, verdammt noch mal, glauben, denn wenn wir, verdammt noch mal, einander nicht glauben, dann können wir gleich einpacken! Diese Schurken, die setzen vielleicht grade darauf, daß wir einander nicht vertrauen, daß jeder ihnen allein gegenübersteht und sie mit uns umspringen können, wie sie wollen!

Er brüllte und geiferte so wild, daß Maljanow erschrak. Sogar sein kaltes Grauen verging. Schon gut, sagte er. Hör auf, was machst du dich fertig, murmelte er. Na ja, war blöd von mir, nimm's nicht krumm, bat er. Der aus der Toilette zurückgekehrte Gubar starrte sie entgeistert an.

Nachdem sich Waingarten ausgetobt hatte, sprang er auf, holte aus dem Kühlschrank eine Flasche Mineralwasser, riß mit den Zähnen den Kronenverschluß ab und zuzzelte direkt aus der Flasche. Das Sprudelwasser rann über seine stoppligen Pausbakken und brach gleich danach als Schweiß auf seiner Stirn und den nackten, haarigen Schultern aus.

»Sieh mal«, lenkte Maljanow ein. »Ich wollte eigentlich bloß eins sagen: Ich mag es nicht, wenn man für Unwahrscheinliches unwahrscheinliche Ursachen sucht. Versteh doch – das Prinzip des rationellen Denkens. So kann man ja sonstwas zusammenspinnen...«

»Na bitte – schlag doch was andres vor«, versetzte Waingarten unversöhnlich und stellte die leere Flasche unter den Tisch.

»Kann ich nicht. Wär ich dazu fähig, würd ich es tun. Vor Angst ist mein Kopf wie vernagelt. Mir scheint nur: Wenn sie wirklich so mächtig sind, müßten sie mit viel einfacheren Mitteln auskommen.«

»Mit welchen, zum Beispiel?«

»Was weiß ich... Dich, zum Beispiel, mit schlechten Konserven vergiften. Sachar – na, ich weiß nicht... Vielleicht tausend Volt verpassen. Oder mit was anstecken... Und überhaupt, wozu Mord und Totschlag? Wenn das schon solche allgewaltigen Telepathen sind, könnten sie uns einfach suggerieren, wir sollen alles vergessen, was über die Arithmetik hinausgeht. Oder bei uns einen bedingten Reflex entwickeln: Sobald wir uns an die Arbeit setzen, kriegen wir Durchfall. Oder Grippe: die Nase läuft, der Schädel brummt... Oder ein Ekzem. Oder was es sonst noch gibt... Alles still und friedlich, keiner merkt was.«

Mit Mühe hielt sich Waingarten zurück, bis Maljanow zu Ende gesprochen hatte.

»Paß auf, Dimka«, sagte er. »Du mußt eins kapieren...«

Doch da fiel ihm Sachar ins Wort.

»Einen Moment!« sagte er beschwörend und streckte die Arme vor, als wolle er Maljanow in die eine und Waingarten in die andere Ecke drängen. »Laßt mich was erzählen, solange ich es noch weiß! Bitte, Valja, laß mich reden! Es betrifft die Kopfschmerzen, Dimka. Sie haben doch gesagt... Wißt ihr, als ich voriges Jahr im Krankenhaus lag...«

Kurz und gut, er war im Krankenhaus gewesen, in der Klinik der Akademie der Wissenschaften, wegen einer Blutkrankheit, und in einem Zimmer mit ihm hatte ein gewisser Gluchow, Wladlen Semjonowitsch, gelegen, ein Orientalist. Der Orientalist stand kurz vor einem Herzinfarkt, aber nicht darum ging es. Es ging darum, daß sie sich etwas angefreundet hatten und sich ab und zu trafen. Also, vor zwei Monaten hatte ihm besagter Gluchow vorgejammert, seine ganze gewaltige Arbeit, für die er fast zehn Jahre Material gesammelt habe, sei für die Katz, weil ihn plötzlich eine höchst merkwürdige Idiosynkrasie befallen habe. Er brauche sich nur hinzusetzen, um an seiner Forschungsarbeit zu schreiben, und schon beginne ihm bestialisch der Kopf zu schmerzen, bis zum Erbrechen, bis zur Ohnmacht.

»Dabei konnte er durchaus an seine Arbeit denken«, fuhr Sachar fort. »Auch das Material studieren, ich glaube – sogar davon sprechen. Schreiben jedenfalls, schreiben war nicht drin. Jetzt, wo Sie das gesagt haben, Dimka, scheint mir fast...«

»Weißt du seine Adresse?« fuhr Waingarten dazwischen.

»Ja.«

»Hat er Telefon?«

»Ja. Die Nummer weiß ich.«

»Los, ruf ihn her! Das ist unser Mann.«

Maljanow ging hoch.

»Himmel Herrgott!« rief er. »Bist du total übergeschnappt? Das wird ja schon peinlich! Vielleicht hat er bloß so ein Leiden.«

»Dieses Leiden haben wir alle«, sagte Waingarten.

»Valka, er ist doch Orientalist! Das ist doch ein ganz anderer Fall!«

»Der gleiche, Alter, der gleiche, verlaß dich drauf.«

»Nein, ich bin dagegen!« sträubte sich Maljanow. »Sachar, bleiben Sie sitzen, hören Sie nicht auf ihn. Er ist stockbesoffen.«

Gräßlich, unmöglich die Vorstellung, in diese heiße, vollgerauchte Küche träte ein völlig normaler, außenstehender Mensch und sähe sich in diesen Dunstkreis von Irrsinn, Angst und Alkohol versetzt.

»Machen wir lieber folgendes«, versuchte Maljanow sie umzustimmen. »Rufen wir lieber Wetscherowski. Davon haben wir bestimmt mehr!«

Waingarten war nicht dagegen. Richtig, meinte er, Wetscherowski – das ist eine Idee! Wetscherowski – der hat Köpfchen! Sachar, geh, sprich mit deinem Gluchow, und dann rufen wir Wetscherowski an...

Nein, keine Gluchows. Maljanow sträubte sich mit Händen und Füßen, beschwor, brüllte, er sei der Herr im Haus, er werde sie alle an die Luft setzen. Aber gegen Waingarten kam niemand an. Sachar ging Gluchow anrufen, und sofort kletterte der Junge vom Hocker und folgte ihm auf den Fersen...

Siebentes Kapitel

14

...hockte Sachars Sohn hinten auf der Liege und ergötzte die Versammelten von Zeit zu Zeit mit ausgewählten Zitaten aus der Kleinen Medizinischen Enzyklopädie, die Maljanow ihm in der Eile versehentlich zugeschoben hatte. Wetscherowski, der neben dem verschwitzten, aufgelösten Waingarten besonders vornehm wirkte, hörte dem merkwürdigen Jungen interessiert zu und beobachtete ihn, die roten Brauen hoch in die Stirn gezogen. Noch hatte Wetscherowski fast nichts von Belang gesagt, lediglich ein paar Fragen gestellt, die Maljanow – und nicht nur ihm – unsinnig vorkamen. So fragte er zum Beispiel völlig unmotiviert Sachar, ob er häufig Konflikte mit seinen Vorgesetzten habe, und Gluchow, ob er gern fernsehe. Es erwies sich, daß Sachar nie und mit niemand Konflikte hatte, so war er nun mal veranlagt, und daß Gluchow nicht nur gern fernsah, sondern mit Vorliebe.

Von Gluchow war Maljanow sehr angetan. An sich mochte er keine neuen Leute im Kreise alter Bekannter, dauernd stand er Ängste aus, sie könnten sich vorbeibenehmen und es könnte fatal werden. Doch mit Gluchow ging alles glatt. Er war erstaunlich gemütlich und lieb – klein, zierlich, stupsnasig, mit rötlichen Äuglein hinter einer großen, starken Brille. Als er eintraf, leerte er mit Vergnügen ein von Waingarten angebotenes Gläschen Wodka, und die Mitteilung, es sei das letzte, betrübte ihn sichtlich. Ins Kreuzverhör genommen, hörte er jedem sehr aufmerksam zu, den Kopf nach Professorenart auf die rechte Schulter geneigt, den Blick ebenfalls nach rechts gerichtet. Nein, nein, sagte er, als bedaure er es, so war es bei mir nicht. Gott bewahre, einfach undenkbar... Mein Thema? Ich fürchte, damit können Sie wenig anfangen: »Die kulturellen Einflüsse der USA auf Japan. Versuch einer quantitativen und qualitativen Analyse« ... Ja, eine Art Idiosynkrasie, wie es aussieht, ich habe medizinische Kapazitäten befragt – ein äußerst seltener Fall, sagen sie... An sich schien das mit Gluchow ein Schuß in den Ofen zu sein, trotzdem fand es Maljanow gut, daß er da war. Er gab sich so schön diesseitig: Trank mit Genuß und wollte noch mehr, aß mit kindlicher Freude Kaviar, bevorzugte Ceylon-Tee und las am liebsten Krimis. Auf Sachars merkwürdigen Sohn blickte er zaghaft und befremdet, manchmal unsicher kichernd, die verrückten Erzählungen hörte er sich überaus teilnahmsvoll an, wobei er sich wiederholt mit beiden Händen hinter den Ohren kratzte und murmelte: »Wirklich verblüffend ... Nicht die Möglichkeit!« ... Mit einem Wort: Gluchow war für Maljanow ein offenes Buch. Neue Informationen durfte man von ihm nicht erhoffen, und Ratschläge erst recht nicht.

Wie stets in Wetscherowskis Gegenwart, schrumpfte Waingarten sichtlich zusammen. Er sah auch nicht mehr so anstößig aus, hörte auf, rumzubrüllen und alle und jeden mit »Vater« oder »Alter« zu titulieren. Freilich, den letzten schwarzen Kaviar fraß trotz allem er.

Völlig verstummt war Sachar, von den kurzen Antworten auf Wetscherowskis überraschende Fragen abgesehen. Nicht einmal seine eigene Leidensgeschichte brauchte er zu erzählen – das besorgte Waingarten für ihn. Er gab es auch endgültig auf, seinen merkwürdigen Sohn zu ermahnen, und die erbaulichen Zitate über die Krankheiten diverser heikler Organe nötigten ihm höchstens ein gequältes Lächeln ab.

Zu guter Letzt schwiegen sie alle. Nippten am kaltgewordenen Tee. Rauchten.

Wie flüssiges Gold lohten die Fenster des Dienstleistungshauses, am dunkelblauen Himmel hing die zarte Sichel des zunehmenden Mondes, von der Straße drang lautes Geknister herauf: wahrscheinlich wurden wieder alte Kisten verbrannt. Waingarten raschelte mit der Zigarettenschachtel, guckte rein, zerknüllte sie und fragte halblaut:

»Hat noch jemand Zigaretten?«

»Ja, bitte«, brummte Sachar beflissen.

Gluchow räusperte sich und klimperte mit dem Teelöffel im Glas.

Maljanow blickte zu Wetscherowski. Der saß im Sessel, die ausgestreckten Beine über Kreuz, und studierte aufmerksam die Nägel seiner rechten Hand. Maljanow blickte zu Waingarten. Waingarten rauchte seine Zigarette an und sah über das Flämmchen hinweg zu Wetscherowski. Auch Sachar blickte auf Wetscherowski. Und Gluchow ebenfalls.

Plötzlich mußte Maljanow lachen. Mein Gott, was erwarten wir eigentlich von ihm? Na schön, er ist Mathematiker. Ein bedeutender Mathematiker. Ein sehr bedeutender sogar – ein Mann von

Weltruf. Na und? Ganz wie ein Häuflein Gören, das sich im Wald verlaufen hat! Alles gafft hoffnungsvoll auf den Onkel – der führt uns bestimmt raus.

»Ja, das sind die Überlegungen, zu denen wir bisher gelangt sind«, sagte Waingarten mit flinker Zunge. »Wie ihr seht, zeichnen sich im wesentlichen zwei Standpunkte ab.« Er sprach, als wende er sich an alle, blickte jedoch nur Wetscherowski an. »Dimka vertritt die Ansicht, wir müßten all das im Rahmen der uns bekannten Naturerscheinungen zu erklären suchen. Meiner Meinung nach haben wir es mit der Einmischung völlig unbekannter Kräfte zu tun. Sozusagen: Reales durch Reales, Phantastisches durch Phantastisches...«

Sein Erguß hörte sich unwahrscheinlich hochgestochen an. Statt offen und ehrlich zuzugeben: Onkelchen, wir haben uns verlaufen, führ uns raus... Nein, bloß nicht, er muß unbedingt beweisen: Auch wir sind nicht aus Dummsdorf. Na, dann freu dich an deiner Borniertheit! Maljanow nahm den Teekessel und entwich vor Valkas Blamage in die Küche. Dort hörte er nicht, worüber sie sprachen, er füllte Wasser ein und setzte den Topf auf die Flamme. Als er zurückkehrte, redete Wetscherowski, der dabei gelassen die Nägel seiner linken Hand betrachtete.

»...deshalb neige ich trotz allem mehr zu Ihrem Standpunkt, Valja. Ja, für Phantastisches muß man anscheinend phantastische Erklärungen suchen. Ich nehme an, ihr alle befindet euch im Blickfeld einer – hm, ja-a –, sagen wir mal: Superzivilisation. Meines Erachtens ist das bereits ein fester Terminus zur Bezeichnung einer fremden Vernunft, die um viele Größenordnungen mächtiger ist als die menschliche...«

Waingarten, der in tiefen Zügen rauchte, nickte gemessen, mit unerhört wichtiger und konzentrierter Miene.

»Warum sie es für notwendig erachten, gerade eure Forschungen zu unterbinden«, fuhr Wetscherowski fort, »diese Frage ist ebenso kompliziert wie müßig. Den Kernpunkt sehe ich darin, daß die Menschheit unwissentlich den Kontakt heraufbeschworen und somit aufgehört hat, ein autokrates System zu sein. Anscheinend sind wir, ohne es zu ahnen, einer Superzivilisation auf die Hühneraugen getreten, und anscheinend hat sich diese Superzivilisation das Ziel gesetzt, von nun an unseren Fortschritt nach ihrem Ermessen zu regulieren.«

»Aber hör mal, Phil«, sagte Maljanow. »Wenigstens du solltest begreifen: Wieso denn Superzivilisation, was, zum Teufel, für eine Superzivilisation, wenn sie uns wie ein blindes Kätzchen mit der Schnauze stupst? Wozu dieser ganze Blödsinn: Mein Untersuchungsführer, der auch noch Kognak klaut... Sachars Weiber... Wo bleibt denn da das Grundprinzip der Vernunft: die Zweckmäßigkeit, das Rationelle?«

»Das sind Einzelheiten, Dima«, sagte Wetscherowski gelassen. »Warum nichtmenschliche Zweckmäßigkeit mit menschlichen Maßstäben messen? Außerdem: Bedenke, mit welchem Kraftaufwand du dich auf die Wange haust, um eine armselige Mücke zu töten. Ein solcher Schlag reicht für alle Mücken ringsum.«

»Oder ein anderes Beispiel«, ergänzte Waingarten. »Welchen Sinn hat eine Brücke vom Standpunkt eines Hechts?«

»Na, ich weiß nicht«, sagte Maljanow. »Ist doch alles ziemlich dumm.«

Wetscherowski wartete ab, ob Maljanow nicht noch etwas hinzusetzen würde, und sprach dann weiter: »Ich möchte folgendes hervorheben. Wenn man die Frage so stellt, treten eure persönlichen Mißlichkeiten und Probleme in den Hintergrund. Es geht um nichts Geringeres als um das Schicksal der Menschheit...« Er überlegte. »Na, vielleicht nicht gerade um das Schicksal im schlimmsten Sinne dieses Wortes, jedoch unbedingt um ihre Würde. Also stehen wir nicht nur vor der Aufgabe, Ihre Revertasentheorie zu verteidigen, Valja, sondern das Schicksal unserer gesamten irdischen Biologie... Oder irre ich mich da?«

Erstmalig in Wetscherowskis Gegenwart blähte sich Waingarten bis zu seiner normalen Größe auf. Er nickte ungemein energisch, sagte jedoch keinesfalls das, was Maljanow erwartet hatte.

»Zweifelsohne«, sagte er. »Wir begreifen alle, daß es nicht um uns persönlich geht. Es geht um Hunderte von Forschungsarbeiten. Vielleicht gar um Tausende... Ach was – um die erfolgversprechenden Richtungen überhaupt!«

»Eben!« sagte Wetscherowski mit Nachdruck. »Also gibt es eine Keilerei. Ihre Waffe ist das Geheimnis, folglich muß unsere die Öffentlichkeit sein. Womit fangen wir also an? Wir weihen unsere Bekannten ein, all jene, die einerseits genug Fantasie besitzen, uns zu glauben, und andererseits genug Autorität, ihre Kollegen auf den Kommandohöhen der Wissenschaft zu überzeugen. Auf diese Weise stellen wir indirekt Kontakt zur Regierung her, erhalten Zugang zu den Massenmedien und können maßgeblich die ganze

Menschheit informieren. Euer erster Schachzug war vollkommen richtig – ihr habt euch an mich gewandt. Ich meinerseits übernehme das Gespräch mit einigen angesehenen Mathematikern, die zugleich angesehene Ämter bekleiden. Zuerst setze ich mich natürlich mit unseren Leuten in Verbindung, dann mit Ausländern ...«

Er war ungewöhnlich aufgelebt, saß kerzengrade im Sessel und redete und redete. Nannte Namen, Titel, Posten, legte ganz genau fest, wen Maljanow, wen Waingarten ansprechen sollte. Fast hätte man glauben können, er säße schon tagelang über einem detaillierten Aktionsplan. Aber je länger er redete, desto mißmutiger wurde Maljanow. Und als Wetscherowski mit einem nahezu schon perversen Eifer zum zweiten Teil seines Programms schritt, zur Apotheose, wo die durch einen Großalarm vereinigte Menschheit wie ein Mann mit den geballten Kräften des gesamten Planeten dem superzivilisierten Weltfeind aufs Haupt schlug – da war es mit Maljanows Geduld vorbei: Er stand auf, ging in die Küche und setzte neues Teewasser auf. Prost Mahlzeit – das ist also Wetscherowski! Der Mann mit Köpfchen! Armer Hund, dem sitzt wohl auch das Herz in den Hosen. Ja, Freundchen, das ist was anderes als über Telepathie streiten. Übrigens sind wir selber schuld: Wetscherowski vorn, Wetscherowski hinten, Wetscherowski, das As ... Dabei ist Wetscherowski bloß ein Mensch. Ein kluger natürlich, eine Koryphäe, aber auch nicht mehr. Solange es um Abstraktionen geht, ist er dicke da, aber wenn das Leben die Zähne zeigt ... Ärgerlich nur, daß er gleich Waingartens Partei ergriffen und mich gar nicht richtig angehört hat ... Maljanow nahm den Teekessel und ging wieder ins Zimmer.

Natürlich, dort war Waingarten dabei, aus Wetscherowski Kompott zu machen. Völlig zu Recht. Pietät – gut und schön, aber wenn einer Kokolores verzapft, hilft man ihm mit Pietät nicht weiter.

... Ob Wetscherowski glaubt, sie seien Vollidioten? Vielleicht habe er, Wetscherowski, ein paar einflußreiche Leute von der Akademie bei der Hand, die leicht plemplem und nach einigen Gläschen soweit seien, daß sie bei einer solchen Mitteilung in Freudengeschrei ausbrächen. Er, Weingarten, verfüge über solche Bekanntschaften nicht. Dafür habe er einen alten Freund namens Dmitri Maljanow, von dem er, Waingarten, ein gewisses Maß an Anteilnahme erhoffen würde, um so mehr als Maljanow selber zu den Leidtragenden gehöre. Na und? Habe der etwa seine, Waingartens, Eröffnung mit Jubelgeschrei aufgenommen? Mit Interesse? Oder wenigstens mit Anteilnahme? Ja, Scheiße! Seine erste Reaktion sei gewesen: Er, Waingarten spinne. Und auf seine Weise habe Maljanow sogar recht. Ihm, Waingarten, schaudre bei dem bloßen Gedanken, er müßte all das zum Beispiel seinem Chef erzählen, obwohl der nebenbei bemerkt weder alt noch verknöchert und sogar selber einem gewissen edlen Wahn in der Wissenschaft verfallen sei.

Vielleicht sei es Wetscherowski schnuppe, aber Waingarten für sein Teil habe nicht die geringste Absicht, den Rest seines Lebens in einer psychiatrischen Klinik zu verbringen, und sei sie noch so bonforzionös.

»Die holen uns mit der Zwangsjacke!« zeterte Sachar. »Ist doch klar. Euch wird ja nichts weiter passieren, aber mir hängen sie gleich den Erotomanen an.«

»Hör auf, Sachar!« raunzte Waingarten. »Nein, Phil, Ehrenwort, ich erkenn Sie nicht wieder! Na schön, das mit der Klinik mag übertrieben sein. Aber als Wissenschaftler wären wir erledigt – gleich, sofort! Kein Fatz bleibt von unserem Renommee! Und außerdem, verdammte Scheiße: Gesetzt den Fall, wir finden ein paar Sympathisanten in der Akademie – wie sollen die mit dem Mumpitz zur Regierung? Wer traut sich das? Dem muß man doch weiß der Teufel wie einheizen. Na und unsre liebe Menschheit erst, die lieben Mitplanetler!« Waingarten machte eine wegwerfende Handbewegung und richtete seine Olivenaugen auf Maljanow. »Gieß mir was ein, möglichst heiß«, sagte er. »Öffentlichkeit, Öffentlichkeit! Das ist ein Prügel mit zwei Enden.« Und er schlürfte geräuschvoll seinen Tee, wobei er sich immer wieder mit der behaarten Hand über die schwitzende Nase fuhr.

»Will noch wer Tee?« fragte Maljanow.

Er sah geflissentlich an Wetscherowski vorbei. Goß Sachar Tee ein, Gluchow und sich selbst. Nahm Platz. Wetscherowski tat ihm entsetzlich leid, und er schämte sich entsetzlich für ihn. Valka hatte recht: Der Ruf eines Wissenschaftlers ist denkbar empfindlich. Eine mißglückte Rede – und wo ist er hin, dein Ruf, Philipp Pawlowitsch?

Wetscherowski krümmte sich im Sessel, die Hände vors Gesicht geschlagen. Es war unerträglich.

Maljanow sagte: »Versteh doch, Phil, all deine Vorschläge...

Dieses dein Aktionsprogramm... Theoretisch hat das Ganze sicher Hand und Fuß. Aber was wir jetzt brauchen, ist keine Theorie. Wir brauchen ein Programm, das sich unter den gegebenen konkreten Umständen realisieren läßt. Du sprichst von einer vereinigten Menschheit. Aber begreif doch, für dein Programm eignet sich wahrscheinlich jede andere Menschheit, bloß nicht unsre, die irdische, meine ich. Unsre wird dir das nie glauben. Die glaubt an eine Superzivilisation – weißt du wann? Wenn sich diese Superzivilisation auf unser Niveau herabläßt und uns im Tiefflug mit Bomben bepflastert. Ja, dann erst glauben wir es, dann erst schließen wir uns zusammen, und das bestimmt auch nicht gleich – bestimmt decken wir uns in der Hitze des Gefechts erst einmal gegenseitig mit Sprengköpfen ein.«

»Aber genau!« kommentierte Waingarten schnöde und lachte kurz.

Alle schwiegen.

»Und mein Chef ist überhaupt eine Frau«, sagte Sachar. »Sehr lieb und gescheit, aber wie soll ich ihr das alles beibringen? Das von mir?«

Wieder trat Schweigen ein, jeder trank stumm seinen Tee. Endlich ergriff Gluchow das Wort.

»Ist das ein Teechen!« schwärmte er leise. »Ein Meister sind Sie, Dmitri Alexejewitsch. So was hab ich lange nicht getrunken... Tja-ja-ja... Natürlich ist das alles unerfreulich, vertrackt... Andererseits, schauen Sie nur: dieser Himmel, dieser Mond... Dazu ein Gläschen Tee, ein Zigarettchen... Was braucht der Mensch im Grunde mehr? Im Fernsehen – ein anständiger Krimi, mit recht viel Fortsetzungen... Ich weiß nicht, ich weiß nicht... Sie, Dmitri Alexejewitsch, geben sich da mit den Sternen ab, dem interstellaren Gas... Was geht Sie das eigentlich an? Wenn man so recht überlegt? Na? Kiebitzen wollen, was? Also kriegen Sie eins auf den Deckel: Lassen Sie das! Trink Tee, sitz vor der Röhre... Der Himmel ist nicht zum Kiebitzen da. Der Himmel ist da zum Sichfreuen.«

Da plötzlich verkündete Sachars Junge auftrumpfend:

»Du bist ein Schlaumeier!«

Maljanow glaubte, er meine Gluchow. Aber nein. Der Junge blickte, ganz wie ein Erwachsener die Augen zusammenkneifend, auf Wetscherowski und drohte ihm mit dem schokoladenbeschmierten Finger.

»Fein still sein«, ermahnte ihn Sachar hilflos.

Wetscherowski indes nahm mit einem Ruck die Hände vom Gesicht und bezog seine anfängliche Pose – lehnte sich im Sessel zurück, die langen Beine ausgestreckt und über Kreuz. Sein Rotblondengesicht griente.

»Na also«, sagte er, »ich freue mich, feststellen zu dürfen, daß uns die Hypothese des Genossen Waingarten in eine Sackgasse führt, die ohne Lupe zu erkennen ist. Ebenfalls in eine Sackgasse führen, wie man auf Anhieb sieht, die Hypothesen über den legendären Bund der Neun oder eine geheimnisvolle Vernunft, die sich in den Tiefen der Weltmeere verbirgt. Überhaupt entfällt jegliche vernünftig handelnde Kraft. Es wäre sehr schön, wenn ihr jetzt wenigstens einen kleinen Moment stillschweigen und nachdenken würdet, um euch von der Richtigkeit meiner Worte zu überzeugen.«

Maljanow rührte wie blöd mit dem Teelöffel im Glas und dachte: So ein Aas, wie der uns aufs Glatteis geführt hat! Warum? Wozu die Schau?... Waingarten starrte mit verquollenden Augäpfeln ins Leere, seine feisten, schweißigen Wangen zuckten gefährlich. Gluchow sah verwirrt von einem zum andern, Sachar wartete einfach ab: Offenbar war ihm die Dramatik der Schweigeminute entgangen.

»Bitte beachtet folgendes«, nahm Wetscherowski seine Rede wieder auf. »Zur Erklärung der phantastischen Vorfälle haben wir phantastische, aber doch im Bereich unserer heutigen Vorstellungen angesiedelte Überlegungen hinzugezogen. Das hat uns nichts gegeben. Absolut nichts. Valja hat es überaus klar bewiesen. Deshalb hat es offenbar nicht den geringsten Sinn, oder richtiger, erst recht keinen Sinn, Überlegungen anzustellen, die außerhalb unseres heutigen Vorstellungsbereichs liegen. Ich nenne da nur die Gotteshypothese... Oder... Oder andere... Und daraus folgt?«

Waingarten wischte sich fahrig mit dem Hemdzipfel das Gesicht ab und schlürfte fieberhaft seinen Tee.

Maljanow fragte gekränkt: »Was fällt dir ein – uns so zu veralbern?«

»Was blieb mir denn sonst übrig?« entgegnete Wetscherowski und zog seine verfluchten roten Brauen bis an die Decke hoch. »Sollte ich, ich selber, euch beweisen, daß es sinnlos ist, sich an irgendwen zu wenden? Ja, überhaupt sinnlos, die Frage so zu stellen, wie ihr sie stellt? Bund der Neun oder Tau-Walfischbewohner – bleibt sich doch gleich. Worüber soll man da noch streiten? Egal, wie die Antwort ausfällt – ein praktisches Programm läßt sich daraus nicht ableiten. Euer Haus ist abgebrannt, vom Orkan zerstört, von der Flut weggespült – nicht daran müßt ihr jetzt denken, was mit dem Haus passiert ist, sondern daran, wo und wie ihr jetzt leben, was ihr weiter tun sollt.«

»Du willst also sagen...«, begann Maljanow.

»Ich will sagen«, erklärte Wetscherowski hart, »daß mit euch nichts *Interessantes* passiert ist. Nichts, wofür man sich interessieren, was man erforschen, was man analysieren muß. Euer ganzes Bestreben, die Ursachen zu ergründen, ist eitel Neugier. Nicht darüber müßt ihr nachdenken, wer womit Druck auf euch ausübt, sondern darüber, wie ihr euch unter Druck verhalten sollt. Und das ist bedeutend schwerer als Märchen über den indischen König Aschoka zusammenzuspinnen, weil von nun an jeder von euch auf sich *allein* gestellt ist. Niemand kann euch helfen, einen Rat geben. Entscheidungen abnehmen. Weder jemand von der Akademie noch die Regierung, nicht einmal die gesamte fortschrittliche Menschheit... Na, Valja hat es ja hinlänglich begründet.«

Er stand auf, goß sich Tee ein und kehrte in den Sessel zurück – unausstehlich selbstbewußt, korrekt, elegant-lässig, wie auf einem diplomatischen Empfang. Sogar die Tasse hielt er wie ein Peer beim Five o'clock tea der Königin.

Der Junge zitierte lauthals:

»Wenn der Kranke den Rat der Ärzte nicht befolgt, die Behandlung vernachlässigt, Alkoholmißbrauch treibt, so wird nach ungefähr fünf, sechs Jahren das sekundäre Stadium durch das tertiäre abgelöst – das letzte...«

Plötzlich sagte Sachar traurig:

»Warum bloß? Warum muß das alles ausgerechnet mir, uns passieren?«

Wetscherowski stellte die Tasse mit leisem Klicken auf die Untertasse.

»Weil unser Jahrhundert in schwarzem Gewande einhergeht«, gab er zur Antwort und betupfte seine graurosa Pferdelippen mit einem schneeweißen Taschentuch. »Es trägt einen hohen Zylinder, wir aber hasten umher wie ehedem, doch schlägt uns dereinst der Untätigkeit Stunde und die Stunde, da wir unserem täglichen Tun entrissen, so ereilt uns der Zwiespalt und die Träume sterben...«

»Pfui Deibel!« fluchte Maljanow, Wetscherowski aber brach in sein sattes, zufriedenes Marsmenschengekoller aus.

Waingarten klaubte aus dem überquellenden Aschenbecher einen längeren Stummel, steckte ihn sich zwischen die dicken Lippen, riß ein Streichholz an und starrte eine Weile geistesabwesend auf das Flämmchen.

»Tatsächlich«, sagte er. »Ist doch gleich, um was für eine Macht es sich handelt, da sie der menschlichen offenkundig überlegen ist.« Er rauchte an. »Ob nun ein Ziegel auf die Blattlaus fällt oder ein Zweirubelstück... Bloß: Ich bin keine Laus. Ich kann wählen.«

Sachar blickte ihn hoffnungsvoll an, doch Waingarten sprach nicht weiter. Wählen, dachte Maljanow. Leicht gesagt.

»Leicht gesagt – wählen...«, begann Sachar, doch da fiel ihm Gluchow ins Wort, und Sachars hoffnungsvoller Blick klammerte sich an ihn.

»Aber wieso denn!« sagte Gluchow ungewöhnlich bestimmt. »Ist denn nicht klar, was man wählen muß? Das Leben muß man wählen! Was denn sonst? Doch nicht eure Teleskope oder Reagenzgläser. Sollen sie dran ersticken, an euren Teleskopen! Und diffusen Gasen! Leben muß man, lieben, die Natur fühlen – *fühlen,* und nicht in ihr rumwühlen! Wenn ich jetzt einen Baum, einen Strauch ansehe, fühle ich, weiß ich – das ist mein Freund, wir existieren füreinander, brauchen einander.«

»Jetzt?« fragte Wetscherowski laut.

Gluchow brach ab.

»Wie bitte?« murmelte er.

»Wir kennen uns doch, Wladlen Semjonowitsch«, sagte Wetscherowski. »Erinnern Sie sich nicht? Estland, die Schule für mathematische Linguistik... Die finnische Sauna, Bier...«

»Ja-a«, sagte Gluchow und senkte den Blick. »Ja.«

»Damals waren Sie ganz anders«, sagte Wetscherowski.

»Gott, wie lange ist das her...«, erwiderte Gluchow. »Sie wissen ja, Barone altern...«

»Barone kämpfen auch«, sagte Wetscherowski. »So lange ist das gar nicht her.«

Gluchow hob und senkte unbestimmt die Hände.

Maljanow durchschaute dieses Zwischenspiel nicht, aber es steckte etwas dahinter, etwas Ungutes, das war kein leeres Gerede. Sachar hingegen, Sachar schien zu verstehen, hörte da was raus, was ihn betraf, wohl an seine Ehre rührte, ihn kränkte. Jedenfalls fuhr er Wetscherowski plötzlich überraschend heftig, fast haßerfüllt an: »Snegowoi haben sie schon umgebracht! Sie, Philipp Pawlowitsch, haben leicht reden, Ihnen geht man ja nicht an die Gurgel, Sie haben's gut!«

Wetscherowski nickte.

»Ja«, sagte er. »Ich hab's gut. Ich hab's gut und Wladlen Semjonowitsch auch. Nicht wahr, Wladlen Semjonowitsch?«

Der gemütliche kleine Mann mit den roten Kaninchenaugen hinter der starken altmodischen Metallbrille antwortete wieder mit einer unbestimmten Handbewegung. Dann stand er auf und sagte, ohne jemand anzublicken:

»Ich bitte um Entschuldigung, Freunde, aber ich muß jetzt gehen. Es ist schon spät...«

Achtes Kapitel

15

...»Willst du nicht bei mir übernachten?« fragte Wetscherowski.

Beim Geschirrwaschen ließ sich Maljanow Wetscherowskis Angebot durch den Kopf gehen. Wetscherowski drängte ihn nicht. Er verzog sich ins große Zimmer, wirtschaftete dort eine Weile rum, kehrte mit einer durchnäßten Zeitung voll Abfall zurück und stopfte alles in den Mülleimer. Dann nahm er einen Lappen und wischte den Küchentisch ab.

An sich verspürte Maljanow nach den heutigen Erlebnissen und Gesprächen keine sonderliche Lust, allein zu bleiben. Andererseits – die Wohnung zu verlassen, wegzugehen, fand er peinlich und beschämend. Als wenn ich mich von denen rausekeln lasse. Wo ich es doch auf den Tod nicht leiden kann, woanders zu übernachten, nicht mal bei Freunden. Nicht mal bei Wetscherowski. Plötzlich schlug ihm ganz deutlich Kaffeeduft in die Nase. Das rosenblütenzarte blaßrosa Täßchen, der Zaubertrunk à la Wetscherowski. Ach was, abends verzichtet man besser auf Kaffee. Den können wir morgen früh trinken.

Er spülte die letzte Untertasse, stellte sie auf den Trockenrost, wischte schlecht und recht den Fußboden auf und ging ins große Zimmer. Wetscherowski war bereits dort, saß im Sessel, mit dem Gesicht zum Fenster. Goldrosa schimmerte der Himmel, der Vollmond stand, wie auf einem Minarett, genau über dem zwölfstöckigen Hochhaus. Maljanow nahm seinen Sessel, drehte ihn gleichfalls zum Fenster, setzte sich. Von Wetscherowski trennte ihn der Tisch, der musterhaft aufgeräumt war. Die Bücher sorgfältig gestapelt, der wochenalte Staub verschwunden, alle drei Bleistifte und der Kuli in Reih und Glied neben dem Kalender. Überhaupt: Während Maljanow mit dem Geschirr beschäftigt gewesen war, hatte Wetscherowski im Zimmer wahre Wunder vollbracht. Alles war blitzblank, nur staubgesaugt hatte er nicht. Obendrein sah er selber unverändert elegant und adrett aus, kein einziger Fleck verunzierte seinen cremefarbenen Anzug. Er hatte es sogar fertiggebracht, nicht zu schwitzen, was erst recht phantastisch erschien. Maljaow hingegen war trotz Irkas Schürze klatschnaß auf dem Bauch, fast wie Waingarten. Wenn eine Frau nach dem Geschirrwaschen einen nassen Bauch hat, sagt man, der Mann ist ein Säufer. Wenn nun aber ein Mann einen nassen Bauch hat...?

Schweigend sahen sie zu, wie im Hochhaus nach und nach die Lichter ausgingen. Kaljam erschien, sagte leise: »Miau«, sprang Wetscherowski auf die Knie, richtete sich dort behaglich ein und schnurrte. Wetscherowski streichelte ihn sachte mit seiner langen, schmalen Hand, ohne den Blick von den Lichtern gegenüber abzuwenden.

»Er haart«, warnte ihn Maljanow.

»Macht nichts«, erwiderte Wetscherowski fast lautlos.

Wieder schwiegen sie. Jetzt, wo der verschwitzte, puterrote Waingarten, der vor Angst völlig geknickte Sachar mit seinem gruseligen Knaben und der ebenso unscheinbare wie rätselhafte Gluchow gegangen waren und nur noch Wetscherowski da war, grenzenlos ruhig, grenzenlos selbstbewußt, Wetscherowski, der keine übernatürlichen Entscheidungen erwartete – jetzt schien alles Geschehene eher eine überspannte Erzählung als ein Traum zu sein, und selbst wenn all das sich wirklich zugetragen hatte, so vor langer, langer Zeit, und im Grunde hatte es sich gar nicht zugetragen, sondern bloß angefangen und dann aufgehört. In Maljanow erwachte sogar ein vages Interesse an dieser halbliterarischen Gestalt: Hat er denn nun seine fünfzehn Jahre gekriegt – oder...

16

...erinnerte sich Maljanow an Snegowoi, an die Pistole in dessen Hausanzug und das Siegel an der Tür.

»Hör mal«, sagte er. »Ob sie wirklich Snegowoi ermordet haben?«

»Wer?« fragte Wetscherowski nach kurzem Zögern.

»Na die...«, begann Maljanow, brach jedoch ab.

»Wie es aussieht, hat er sich erschossen«, sagte Wetscherowski. »Hat es nicht ausgehalten.«

»Was nicht ausgehalten?«

»Den Druck. Er hat sich entschieden.«

Nein, das war keine überspannte Erzählung. Ich spürte, wie sich mein Inneres wieder verkrampfte, zog die Beine in den Sessel und umfaßte die Knie. Krümmte mich ganz fest zusammen. Ich bin es, ich, mit dem alles geschieht. Nicht Iwan Zarewitsch, Iwan Dummkopf, sondern ich. Wetscherowski hat's gut.

»Sag mal«, fragte ich durch die zusammengebissenen Zähne, »was hast du da mit Gluchow abzumachen? Du hast so seltsam mit ihm gesprochen.«

»Verärgert hat er mich.« »Womit?«

Einen Moment lang schwieg Wetscherowski.

»Hat keinen Mut, allein zu bleiben«, kam dann die Antwort.

»Kapier ich nicht«, sagte ich nach kurzer Überlegung.

»Mich ärgert nicht die Art seiner Wahl«, sprach Wetscherowski bedächtig, als sinniere er laut. »Aber wozu muß er sich dauernd rechtfertigen? Und nicht bloß das – er versucht auch noch, die anderen auf seine Seite zu ziehen. Er schämt sich, schwach unter Starken zu sein, will, auch die anderen sollen schwach werden. Weil er glaubt, dann wird ihm leichter. Mag ja sein – aber mich macht so ein Standpunkt verrückt.«

Mit offenem Mund hörte ich ihm zu, und als er verstummte, fragte ich vorsichtig: »Willst du damit sagen, daß Gluchow ... daß auch er unter Druck steht?«

»Ja, stand. Jetzt ist er einfach zermalmt.«

»Aber ... Aber entschuldige mal!«

Langsam wandte er mir sein Gesicht zu.

»Hast es wohl nicht begriffen?« fragte er.

»Woher denn auch? Er hat doch gesagt ... Ich hab's selber gehört ... Und überhaupt sieht man gleich, der Mann hat nie im Leben ... Liegt doch auf der Hand!«

Freilich, jetzt schien es mir schon weit weniger eindeutig, eher umgekehrt.

»Also doch nicht begriffen«, sagte Wetscherowski, mich neugierig musternd. »Hm ... Aber Sachar weiß Bescheid.« Zum erstenmal an diesem Abend holte er Pfeife und Tabaksbeutel hervor und machte sich in aller Ruhe ans Pfeifestopfen. »Seltsam, daß du es nicht begriffen hast. Na ja, warst wohl ziemlich durcheinander. Aber denk doch mal nach: Der Mann liebt Krimis, liebt das Fernsehen, gerade heute wird diese banale Serie wieder gesendet ... Und auf einmal verläßt er seinen Lieblingsplatz, rennt zu wildfremden Leuten – wozu? Um sich über sein Kopfweh zu beklagen?« Er riß ein Streichholz an und entzündete die Pfeife. Ein rotgelbes Flämmchen tanzte in seinen konzentriert blickenden

Augen. Honigrauch zog durch den Raum. »Und außerdem – ich hab ihn gleich wiedererkannt. Nein, nicht gleich... Er hat sich stark verändert. Das war mal ein richtiger Feuerkopf: tatkräftig, laut, giftig. Kein Rousseauismus, kein Tröpfchen Schnaps. Anfangs hat er mir bloß leid getan, doch als er für seine neue Weltanschauung zu werben begann, lief mir die Galle über.« Er verstummte und widmete sich ganz seiner Pfeife.

Ich krümmte mich zusammen. So sieht es also aus. Einfach zermalmt, der Mann. Am Leben geblieben, aber nicht mehr er selbst. Entartete Materie... Entarteter Geist. Was haben die mit ihm gemacht? Hat es nicht ausgehalten. Zum Donnerwetter, es kann doch auch einen Druck geben, dem kein Mensch standhält.

»Also verurteilst du auch Snegowoi?« fragte ich.

»Ich verurteile überhaupt niemand«, entgegnete Wetscherowski.

»Wieso denn nicht... Du bist doch wütend... Auf Gluchow.«

»Du hast mich nicht verstanden«, sagte Wetscherowski leicht gereizt. »Es ist nicht die Entscheidung Gluchows, die mich wütend macht. Was für ein Recht hab ich, mich über die Entscheidung eines Menschen zu ereifern, der völlig allein kämpft, ohne jede Hilfe und Hoffnung. Mich regt sein Verhalten *nach* der Entscheidung auf. Ich wiederhole: Er schämt sich der getroffenen Wahl und versucht deshalb – nur deshalb? –, andere zu seinem Glauben zu bekehren. Das heißt, er stärkt die ohnehin unüberwindliche Macht. Begreifst du mich jetzt?«

»Mit dem Verstand – ja.« Ich wollte noch hinzufügen, daß auch dieses Verhalten Gluchows begreiflich und daher verzeihlich sei, daß Gluchow im Grunde außerhalb jeglicher Analyse und im Bereich der Barmherzigkeit stehe, doch plötzlich fühlte ich, daß ich nicht weiterreden konnte. Es schüttelte mich. Ohne Hilfe und Hoffnung... Ohne Hilfe und Hoffnung... Warum grade ich? Was hab ich denen getan?... Doch das Gespräch mußte weitergeführt werden, und so sagte ich, nach jedem Wort die Zähne zusammenbeißend:

»Schließlich und endlich gibt es doch auch einen Druck, dem niemand standhalten kann.«

Wetscherowski antwortete, doch ich vernahm und verstand nichts. Denn plötzlich war mir aufgegangen: Noch gestern war ich ein Mensch gewesen, ein Mitglied der Gesellschaft mit all seinen persönlichen Sorgen und Nöten, und solange ich mich an die von der Gesellschaft geschaffenen Gesetze hielt – und das war gar nicht so schwer, war zur Gewohnheit geworden –, solange ich also diese Gesetze befolgte, schützten mich vor allen nur erdenklichen Gefahren die Miliz, die Armee, die Gewerkschaft, die öffentliche Meinung, die Freunde und nicht zuletzt die Familie; doch nun plötzlich hat sich etwas in meiner Umwelt verschoben, und ich sehe mich in eine einsame Grundel verwandelt, die angstvoll in einem Spalt hockt, während ringsum monströse Schemen geistern, die nicht einmal ein zahnbewehrtes Maul brauchen – ein leichter Flossenschlag genügt, und ich bin Staub, bin zermalmt, zerquetscht, bin ein Nichts. Und man hat mir zu verstehen gegeben: Solange du in deinem Spalt hockst, passiert dir nichts. Viel schrecklicher noch: Man hat mich von der Menschheit abgesondert wie ein Schaf von der Herde und schleppt mich fort – unbekannt, wohin und wozu, indes die Herde ahnungslos und seelenruhig ihres Weges zieht und sich immer weiter und weiter entfernt... Wäre es noch eine militante fremde Zivilisation, ein schrecklicher Vernichtungsangriff aus dem Kosmos, aus den Tiefen der Weltmeere, aus der vierten Dimension – um wie vieles leichter hätte ich es! Ich wäre einer von vielen, es fände sich ein Platz, ein Auftrag für mich, ich stünde an der Front! So aber gehe ich vor aller Augen zugrunde, und niemand merkt es, und wenn ich vernichtet, zu Staub zerrieben bin, werden alle erstaunt sein und die Achseln zucken. Gott sei Dank ist Irka nicht hier. Gott sei Dank ist wenigstens sie nicht davon betroffen. Wahnsinn, Wahnsinn! Dummes Zeug! Ich schüttelte aus Leibeskräften den Kopf und riß mich an den Haaren. Und der ganze Teufelsspuk nur, weil ich mich mit diffuser Materie befasse!?

»Offenkundig ja«, sagte Wetscherowski.

Entsetzt starrte ich ihn an, doch da merkte ich auch schon, wie mir mein eigenes Gezeter noch in den Ohren gellte.

»Hör mal, Phil, das ist doch völlig absurd!« sagte ich verzweifelt.

»Stimmt – vom menschlichen Standpunkt aus«, sagte Wetscherowski. »Aber die Menschen haben ja auch nichts gegen deine Beschäftigung einzuwenden.«

»Wer dann?«

»Schon wieder blüht der Flieder!« rief Wetscherowski, und diese Worte paßten so wenig zu ihm, daß ich laut loslachte. Nervös, Hysterisch. Und als Antwort vernahm ich zufriedenes Marsmenschengekoller.

»Hör mal«, sagte ich. »Der Teufel soll sie alle holen. Komm, wir trinken Tee.«

Ich hatte große Angst, Wetscherowski würde gleich sagen, es sei Zeit für ihn aufzubrechen, morgen müsse er Prüfungen abnehmen, ein Kapitel beenden oder so etwas, jedenfalls fügte ich hastig hinzu:

»Los, komm! Ich hab da noch eine Schachtel Pralinen versteckt. Wozu soll Waingarten auch die noch verdrücken, hab ich gedacht... Los, komm!«

»Mit Vergnügen!« sagte Wetscherowski und stand bereitwillig auf.

»Weißt du, wenn man dauernd dran denkt«, sagte ich, während wir in die Küche marschierten, ich das Teewasser einfüllte und aufsetzte. »Wenn man dauernd dran denkt, wird einem stockdunkel vor Augen. Nein, so geht's nicht, so nicht. Das hat auch Snegowoi fertiggemacht, jetzt wird mir alles klar. Er hat in seiner Wohnung gegluckt, mutterseelenallein, hat alle Lampen angeknipst, aber was hat's genutzt? Diese Art Dunkel, die kriegt man mit Licht nicht weg. Er grübelt und grübelt, plötzlich macht was im Kopf klick – und es ist aus... Den Humor darf man nicht verlieren – da liegt der Hund begraben! Ist doch auch wirklich komisch: Was für eine Riesenkraft, was für ein Energieaufwand – und alles nur, um einen Mann nicht rauskriegen zu lassen, was passiert, wenn ein Stern in eine Staubwolke gerät. Nein, Tatsache, Phil, denk dich da mal rein! Ist doch lachhaft, nicht?«

Wetscherowski sah mich höchst sonderbar an.

»Weißt du, Dima«, antwortete er. »Die humorige Seite der Lage ist mir irgendwie nicht aufgegangen.«

»Nein, wirklich... Wenn man sich das ausmalt... Die versammeln sich dort und fangen an zu rechnen: Für die Erforschung der Ringelwürmer – hundert Megawatt, für die Durchsetzung des und des Projekts – fünfundsiebzig Gigawatt, um Maljanow zu stoppen – höchstens zehn. Jemand widerspricht: Reicht nicht! Erstens: mit Telefonanrufen weichmachen. Zweitens: Kognak plus Frau...« Ich setzte mich und preßte die Hände zwischen den Knien zusammen. »Nein, sag, was du willst, ich find es komisch.«

»Ja«, stimmte Wetscherowski zu. »Komisch ist es. Aber nicht sehr. Deine Fantasie, Dima, ist trotz allem bescheiden. Ich staune, wie du überhaupt auf deine Blasen verfallen bist.«

»Was denn für Blasen!« sagte ich. »Blasen hat es nie gegeben!

Und wird es nie geben. Schlagen Sie mich nicht, Bürger Vorgesetzter, ich hab nichts gesehen und nichts gehört, die Mieze Ninka kann bezeugen, ich bin gar nicht dabei gewesen ... Und überhaupt hab ich mein Planthema – IR-Spektrometer, und alles andere sind intellektuelle Mätzchen, ein Galilei-Komplex.«

Wir schwiegen. Der Teekessel begann leise zu sieden, machte: pff! pff! pff!

»Na gut«, sagte ich. »Bescheidene Fantasie. Bitte sehr. Aber gib zu: Wenn wir all diese unerfreulichen Details beiseite lassen, ist es verteufelt interessant. Man kommt doch dahin, daß es sie gibt. Da hat man nun soviel gefaselt, rumgerätselt, zusammengeschwindelt ... Hat diese blödsinnigen Untertassen ausgedacht, die Terrassen von Baalbek. Und dabei gibt es sie wirklich. Bloß natürlich in ganz andrer Form, als wir sie uns vorgestellt haben. Übrigens war ich schon immer der Meinung, daß sie, wenn sie sich endlich zeigen, so gar nicht all dem gleichen werden, was man über sie zusammengesponnen hat.«

»Wer ist das – sie?« fragte Wetscherowski wie beiläufig. Er rauchte seine erloschene Pfeife an.

»Die Leute aus dem Kosmos«, erklärte ich. »Oder, wissenschaftlich ausgedrückt – die Superzivilisation.«

»Ah-ja, ich verstehe«, sagte Wetscherowski. »Wirklich: Daß sie einem Milizmann mit atypischem Verhalten gleichen könnten – darauf ist noch keiner gekommen.«

»Laß man«, sagte ich, stand auf und begann, den Teetisch zu decken. »Meine Fantasie ist bescheiden, aber du hast überhaupt keine.«

»Mag sein«, stimmte Wetscherowski zu. »Ich bin völlig unfähig, mir etwas vorzustellen, was meiner Meinung nach nicht existiert. Zum Beispiel diesen Feuerstoff, das Phlogiston. Oder auch den Weltraum-Äther ... Nein, nein, brüh frischen, bitte. Und mach ihn recht stark.«

»Ja doch, sei unbesorgt«, gnatzte ich. »Was hast du da vom Phlogiston erzählt?«

»Ans Phlogiston hab ich nie geglaubt. Und an Superzivilisationen auch nicht. Phlogiston, Superzivilisationen – all das ist zu menschlich. Wie bei Baudelaire. Zu menschlich, ergo – animalisch. Nicht von der Vernunft her. Von der Unvernunft.«

»Na, erlaube mal!« sagte ich, die Kanne für den Aufguß in der einen Hand, das Päckchen Ceylon-Tee in der andern. »Du warst doch selbst der Ansicht, daß wir es mit einer Superzivilisation zu tun haben.«

»Mitnichten«, erwiderte Wetscherowski unbeirrt. »Dieser Ansicht wart ihr. Und ich hab mich dessen bedient, um euch den rechten Weg zu weisen.«

Im großen Zimmer schrillte das Telefon. Ich erschrak und ließ den Deckel von der Teekanne fallen.

»Scheiße«, zischte ich, abwechselnd auf Wetscherowski und die Tür blickend.

»Geh nur, geh«, sagte Wetscherowski ruhig und erhob sich. »Den Tee gieß ich auf.«

Ich nahm nicht gleich ab, hatte schreckliche Angst. Ich erwartete keinen Anruf, erst recht nicht um diese Zeit. Ob es der besoffene Waingarten war? Sitzt gottverlassen da... Ich griff nach dem Hörer.

»Ja?«

Der besoffene Waingarten sagte: »Natürlich ist er noch auf. S-servus, du Opfer der Supervernunft! Wie steht's?«

»Alles okay.« Mir fiel ein Stein vom Herzen. »Und bei dir?«

»Bombenstimmung!« teilte Waingarten mit. »W-waren im ›As... Ostoria... Austeria‹, klar? Haben eine halbe genommen – schien uns zu wenig. Noch eine halbe... Sind mit den beiden halben los... Mit der ganzen also... Und jetzt fühlen wir uns großartig. Komm doch her!«

»Geht nicht«, sagte ich. »Ich sitz hier mit Wetscherowski, beim Tee.«

»Wer Tee trinkt, an dem ist Hopfen und Malz verloren«, sagte Waingarten und prustete. »Na gut. Wenn was ist, ruf an.«

»Ich versteh nicht. Bist du allein, oder ist Sachar da?«

»Wir sind selbdritt«, erwiderte Waingarten. »Wirklich nett, sag ich dir... Also, wenn was ist, komm her. Bist w-willkommen.« Er legte auf.

Ich ging in die Küche zurück. Wetscherowski schenkte Tee ein. »Waingarten?« fragte er.

»Ja. Ist doch erfreulich, daß in diesem Irrenhaus wenigstens etwas beim alten bleibt. Invarianz bei Irrsinn. Hätte nie gedacht, daß der besoffene Waingarten so eine Wohltat sein kann.«

»Was hat er gesagt?« erkundigte sich Wetscherowski.

»Er hat gesagt: ›Wer Tee trinkt, an dem ist Hopfen und Malz verloren.‹«

Wetscherowski kollerte befriedigt. Er mochte Waingarten. Auf seine ganz persönliche Weise, aber er mochte ihn. In seinen Augen war Waingarten ein Enfant terrible – ein großes, verschwitztes, lautes Enfant terrible.

»Wart mal – wo hab ich die Pralinen?« sagte ich. »Aha!«

Ich langte in den Kühlschrank und brachte eine protzige Schachtel »Pique Dame« zum Vorschein.

»Na, ist das was?«

»Oh!« sagte Wetscherowski anerkennend.

Wir rissen die Schachtel an.

»Ein Gruß von der Superzivilisation«, sagte ich. »Jawohl! Also – was hast du da vorhin gesagt? Du hast mich völlig aus dem Konzept gebracht... Ach ja! Sogar nach alldem bleibst du dabei, daß...«

»Mhm«, erwiderte Wetscherowski. »Ich bleibe dabei. Mir war schon immer klar: Superzivilisationen gibt es nicht. Und jetzt, nach alldem – wie du dich ausgedrückt hast –, ahne ich auch, weshalb.«

»Moment mal.« Ich stellte die Tasse hin. »Weshalb und so weiter – das ist alles Theorie, aber erklär mir bitte eins: Wenn es keine Superzivilisation, keine Leute aus einer andren Welt sind, im weitesten Sinn dieses Wortes – wer ist es dann?« Ich geriet in Fahrt. »Weißt du etwas, oder quatschst du bloß dumm und spielst mit Paradoxa? Einer hat sich abgeknallt, aus dem andren hat man eine Qualle gemacht... Was führst du uns dauernd an der Nase rum? Wozu das?«

Nein, sogar ohne Lupe war zu erkennen, daß Wetscherowski weder mit Paradoxa spielte noch uns an der Nase rumführte. Plötzlich wurde sein Gesicht grau und müde, und in seine Züge trat eine bislang sorgfältig getarnte, nun mit Macht durchbrechende Spannung – oder auch Verbissenheit, wilde Entschlossenheit. Er sah sich überhaupt nicht mehr ähnlich. Normalerweise war sein Gesicht schlaff, mit einem Anflug aristokratisch-dekadenter Mattigkeit, doch nun war es wie aus Stein gehauen. Wieder packte mich Entsetzen. Zum erstenmal kam mir der Verdacht, daß Wetscherowski ganz und gar nicht hier saß, um mich moralisch zu stützen. Und ganz und gar nicht deshalb hatte er mich eingeladen, bei ihm zu übernachten, und neulich – bei ihm zu sitzen und zu arbeiten. Trotz meiner großen Angst verspürte ich plötzlich Mitleid mit ihm, das im Grunde unmotiviert war, lediglich auf unklaren Empfindungen, ja darauf beruhte, wie sehr er sich plötzlich im Gesicht verändert hatte.

Und genauso plötzlich fiel mir ein, daß Wetscherowski vor drei Jahren im Krankenhaus gelegen hatte, allerdings nur kurze Zeit.

17

...eine bis dato unbekannte gutartige Geschwulst. Erst nach einem Jahr. Und ich hatte von alldem überhaupt erst im vorigen Herbst erfahren, obwohl ich ihn jeden Tag, den Gott werden ließ, gesehen, bei ihm Kaffee getrunken, seinem Marsmenschengekoller gelauscht und ihm vorgejammert hatte, daß mich Furunkel plagten. Und nichts, gar nichts hatte mich stutzig gemacht...

Jetzt aber, von diesem plötzlichen Mitleid übermannt, ließ ich mich hinreißen und sagte, obwohl ich im voraus wußte, daß es sinn- und zwecklos war: »Phil«, sagte ich. »Was ist – stehst du auch unter Druck?«

Natürlich beachtete er meine Frage nicht. Er überhörte sie einfach. Die Spannung wich aus seinem Gesicht, versank erneut in aristokratischer Aufgeblasenheit, die rotblonden Lider glitten über die Augen, und er begann, geräuschvoll an seiner erloschenen Pfeife zu nuckeln.

Ich führ euch überhaupt nicht an der Nase rum«, sagte er. »Das tut ihr selber. Ihr habt euch diese Superzivilisation einfallen lassen und wollt partout nicht begreifen, daß das zu simpel ist – moderne Mythologie, nichts weiter.«

Mir sträubten sich die Haare. Noch komplizierter? Also noch schlimmer? Ging denn das überhaupt?

»Du bist doch Astronom«, fuhr er vorwurfsvoll fort. »Du solltest doch das Grundparadoxon der Xenologie kennen.«

»Kenn ich auch«, sagte ich. »Jede Zivilisation wird in ihrer Entwicklung mit höchster Wahrscheinlichkeit...«

»Und so weiter...«, unterbrach er mich. »Die Spuren ihrer Tätigkeit müßten auf jeden Fall zu sehen sein, aber wir sehen keine. Warum nicht? Weil es keine Superzivilisation gibt. Weil es aus irgendeinem Grunde nicht zur Umwandlung von Zivilisationen in Superzivilisationen kommt.«

»Ja«, sagte ich. »Die Vernunft rottet sich in Kernkriegen aus. Alles Quatsch.«

»Natürlich Quatsch«, stimmte er gelassen zu. »Ebenfalls simpel, zu primitiv, auf die gewohnten Vorstellungen beschränkt ...«

»Moment mal«, sagte ich. »Was brabbelst du dauernd wie ein Papagei: primitiv, primitiv ... Natürlich, das mit dem Kernkrieg ist primitiv. In Wirklichkeit mag alles viel komplizierter sein. Genetische Krankheiten, eine Art Lebensmüdigkeit, neue Zielorientierung ... Darüber gibt es eine ganze Literatur. Ich zum Beispiel bin der Ansicht, daß die Äußerungen von Superzivilisationen kosmischen Charakter tragen, also einfach von kosmischen Naturerscheinungen nicht zu unterscheiden sind. Oder nimm unsren Fall – ist das etwa keine Äußerung?«

»Menschlich, allzu menschlich«, widersprach Wetscherowski. »Sie haben konstatiert, daß die Erdbewohner an der Schwelle zum Kosmos angelangt sind, fürchten die Rivalität und haben beschlossen einzuschreiten. So etwa – meinst du?«

»Ja, warum nicht?«

»Weil das ein Roman ist. Vielmehr – eine ganze Literatur in kitschigen Umschlägen. Das alles sind Versuche, einen Kraken in einen Frack zu pferchen. Ja, mehr noch – einen Kraken, den es überhaupt nicht gibt.«

Wetscherowski schob die Tasse weg, legte den Ellbogen auf den Tisch, stützte das Kinn auf die Faust und blickte, die rotblonden Brauen hochgezogen, über mich hinweg ins Leere.

»Sieh mal, wie drollig«, sagte er. »Vor zwei Stunden waren wir uns scheinbar über alles einig: Unwichtig ist, welche Kraft auf euch einwirkt, wichtig, wie man sich unter Druck zu verhalten hat. Aber ich sehe: du denkst an alles andere, bloß nicht daran. Du versuchst immer wieder, ganz stur, diese Kraft zu identifizieren. Und kehrst genauso stur zu der Hypothese von der Superzivilisation zurück. Du bist sogar bereit, deine eigenen kleinen Einwände gegen diese Hypothese zu vergessen, ja, du hast es schon getan. Im Grunde verstehe ich, warum es dir so geht. Irgendwo in deinem Unterbewußtsein sitzt die Vorstellung, daß jegliche Superzivilisation immerhin eine Zivilisation ist und daß zwei Zivilisationen allemal zu einer Einigung, einem Kompromiß gelangen müßten, so daß im Endeffekt die Wölfe satt sind und die Schafe am Leben bleiben. Na, und schlimmstenfalls: Es ist doch süß, sich dieser zwar feindlichen, doch imposanten Macht zu beugen, es ist edel, einem Feind zu weichen, der den Sieg verdient, und wer weiß, am Ende wird man noch für seine weise Unterwürfigkeit belohnt.

Starr mich bitte nicht so an. Ich sage doch: im Unterbewußtsein. Und nicht nur in deinem. Das ist sehr, sehr menschlich. Von Gott haben wir uns losgesagt, doch auf unseren eigenen Beinen stehen, ohne Stütze, ohne Mythos-Krücken – das können wir noch nicht. Aber wir werden es lernen müssen. Denn in eurer Lage fehlen euch nicht bloß Freunde. Ihr seid so einsam, *daß ihr nicht einmal einen Feind habt*. Das ist es, was ihr nicht begreifen wollt!« Wetscherowski verstummte.

Ich versuchte, diese überraschende Rede zu verdauen, Gegenargumente zu finden, zu widerlegen, wutschnaubend zu beweisen – ja was? Ich wußte es selber nicht. Wetscherowski hatte recht: Einem würdigen Gegner zu weichen ist keine Schande. Das heißt, nicht er denkt so, sondern ich. Das heißt, ich denke erst so, seitdem er es augesprochen hat. Aber es stimmt – ich fühle mich wirklich wie der General einer aufgeriebenen Armee, der im Kugelhagel umherirrt und den General sucht, der ihn besiegt hat, um ihm den Degen auszuhändigen. Und dabei bedrückt mich weniger die Niederlage als der verfluchte Umstand, daß ich den Gegner partout nicht finden kann.

»Wieso ist kein Feind da?« fragte ich schließlich. »Jemand muß doch dahinterstecken!«

»Und wer steckt dahinter«, sagte Wetscherowski gönnerhaftlässig, »wenn ein Stein in der Nähe der Erdoberfläche mit einer Beschleunigung von neuneinundachtzig fällt?«

»Versteh ich nicht«, sagte ich.

»Aber er fällt doch so?«

»Ja...«

»Und dafür machst du keine Superzivilisation verantwortlich?«

»Na hör mal. Was soll denn...«

»Ja, wer steckt denn nun dahinter, wenn der Stein mit einer solchen Beschleunigung fällt? Wer?«

Ich goß mir Tee ein. Es sah aus, als brauchte ich bloß noch zwei und zwei zu addieren, trotzdem verstand ich nichts.

»Du meinst, wir haben es mit einer Naturgewalt zu tun? Ja? Mit einer Naturerscheinung?«

»Wenn's beliebt«, erwiderte Wetscherowski.

»Na weißt du, Freundchen...!« Ich hob und senkte entgeistert die Hände, stieß mein Glas um, und der ganze Tisch schwamm. »Scheiße!«

Während ich die Pfütze aufwischte, fuhr Wetscherowski unverändert lässig fort: »Versuch doch mal, von den Epizykeln loszukommen, versuch, statt der Erde die Sonne in den Mittelpunkt zu stellen – und du merkst gleich, wie einfach alles wird.«

Ich warf den nassen Lappen ins Spülbecken.

»Du hast also deine eigene Hypothese?« fragte ich.

»Ja, hab ich.«

»Na, dann leg sie dar. Übrigens – warum hast du das nicht gleich getan? Als Waingarten noch hier war?«

Wetscherowski bewegte die Brauen.

»Weißt du ... Jede neue Hypothese hat den Nachteil, daß sie eine Menge Streit hervorruft. Und zum Streiten hatte ich keine Lust. Ich wollte euch bloß klarmachen, daß ihr vor einer Entscheidung steht und daß ihr diese Entscheidung selber, jeder für sich allein, treffen müßt. Wie ich sehe, ist mir das nicht gelungen. Dabei hätte meine Hypothese ein zusätzliches Argument sein können, weil ihr Sinn ... Genauer gesagt, weil die einzige praktische Schlußfolgerung aus ihr darin besteht, daß ihr jetzt nicht bloß keine Freunde, sondern nicht einmal einen Feind habt. Wahrscheinlich bin ich falsch vorgegangen. Wahrscheinlich hätte ich mich auf eine zermürbende Diskussion einlassen sollen, dann wäre euch jetzt der Ernst der Lage klar. Meiner Meinung nach verhält sich die Sache so ...«

Nicht, daß ich seine Hypothese nicht verstanden hätte, doch ich erfaßte sie nicht restlos. Ich kann nicht behaupten, daß sie mich überzeugte, obwohl ich andererseits zugeben muß, daß in ihr alles Platz fand, was wir erlebt hatten. Mehr noch, in ihr fand überhaupt alles Platz, was im Kosmos je geschehen war, geschieht und geschehen würde, und darin, wenn man so will, lag die Schwäche dieser Hypothese. Sie komplizierte die Probleme nur, statt sie zu lösen.

Wetscherowski prägt den Begriff Homöostatisches Weltbild (ja, er benutzte dieses altertümliche poetische Wort). »Das Weltgebäude wahrt seine Struktur« – lautete sein Axiom. Seiner Ansicht nach sind die Gesetze von der Erhaltung der Energie und der Materie bloß Teiläußerungen des Gesetzes von der Erhaltung der Struktur. Das Gesetz von der Nichtabnahme der Entropie widerspricht der Homöostase des Weltgebäudes und ist daher ein partikuläres und kein allgemeines Gesetz. Ergänzung zu diesem Gesetz ist das Gesetz von der unaufhörlichen Reproduktion der Vernunft. In der Kombination und im Widerstreit dieser beiden partikulären Gesetze realisiert sich also das allgemeine Gesetz von der Erhaltung der Struktur. Gäbe es nur noch das Gesetz von der Nichtabnahme der Entropie, verlöre das Weltgebäude seine Struktur, träte Chaos ein. Andererseits: Gäbe es nur noch die sich ständig vervollkommende allmächtige Vernunft oder würde sie auch nur dominieren, so geriete die Struktur des Weltgebäudes ebenfalls ins Wanken. Natürlich würde das Weltgebäude dadurch weder besser noch schlechter werden, sondern einfach nur anders, nicht homöostatisch; denn die sich stetig entwickelnde Vernunft kennt nur ein Ziel: die Natur der Natur zu verändern. Folglich besteht das Wesen der Homöostase des Weltgebäudes in der Aufrechterhaltung des Gleichgewichts zwischen zunehmender Entropie und der Entwicklung der Vernunft. Folglich gibt es und kann es keine Superzivilisation geben, denn unter Superzivilisation verstehen wir doch gerade eine Vernunft, die so hoch entwickelt ist, daß sie das Gesetz von der Nichtabnahme der Entropie in kosmischen Maßstäben zu beeinträchtigen beginnt. Und was jetzt mit uns geschieht, ist nichts weiter als die erste Reaktion des Homöostatischen Weltgebäudes auf die Gefahr, die Menschheit könnte sich in eine Superzivilisation verwandeln. Das Weltgebäude setzt sich zur Wehr.

Frag mich nicht, sagte Wetscherowski, wie es kommt, daß gerade Maljanow und Gluchow die ersten Schwalben der heranreifenden Kataklysmen sind. Frag mich nicht nach der physikalischen Beschaffenheit der Signale, die die Homöostase in jenem kosmischen Winkel erschüttert haben, wo ein Gluchow und Maljanow ihre weltbewegenden Entdeckungen betreiben. Überhaupt – frag mich nicht nach den Wirkungsmechanismen des Homöostatischen Weltgebäudes – darüber weiß ich ebensowenig, wie etwa über die Wirkungsmechanismen des Gesetzes von der Erhaltung der Energie bekannt ist. Alle Prozesse verlaufen eben so, daß die Energie erhalten bleibt. Alle Prozesse verlaufen eben so, daß die besagten Arbeiten von Maljanow und Gluchow, mit Millionen und aber Millionen anderer Arbeiten vereint, nicht nach Milliarden Jahren zum Weltuntergang führen. Wobei es natürlich nicht um den Weltuntergang überhaupt geht, sondern um den Untergang jener Welt, die wir heute vor uns haben, die seit Milliarden Jahren existiert und die Maljanow und Gluchow mit ihren mikroskopischen Versuchen, die Entropie zu überwinden, nichtsahnend in Gefahr bringen.

Annähernd so – richtig oder fast richtig oder auch völlig

verkehrt – stellte sich mir Wetscherowskis Hypothese dar. Auf einen Streit verzichtete ich. So schon war alles trist, aber unter seinem Blickwinkel sah unsere Lage derart verfahren aus, daß ich einfach nicht wußte, was ich sagen, wie ich mich zu dem Ganzen verhalten und wozu ich überhaupt noch weiterleben sollte. Großer Gott! Maljanow, D. A., kontra Homöostatisches Weltgebäude! Das war ja weniger als eine Blattlaus unterm Ziegelstein. Weniger als ein Virus im Sonnenzentrum...

»Hör mal«, sagte ich. »Wenn es so ist – wozu, verdammte Scheiße, zerreißen wir uns überhaupt noch die Mäuler. Der Teufel soll sie holen, meine M-Kavernen! Entscheiden, wählen! Wo siehst du denn hier eine Alternative?«

Gemächlich setzte er die Brille ab, massierte mit dem kleinen Finger den rotgedrückten Nasensattel. Lange schwieg er, unerträglich lange. Ich aber wartete. Weil mir mein sechster Sinn verriet: Er kann mich nicht einfach so meinem Schicksal überlassen, seiner Homöostase zum Fraß, das brächte er nie fertig, nie hätte er mir all das erzählt, wenn es nicht einen Ausweg gäbe, eine Möglichkeit, ja eine Alternative, verdammt noch mal!

Da beendete er seine Nasenmassage, setzte die Brille wieder auf und sagte ruhig:

»Ich hörte, dieser Weg führe zum Ozean des Todes, und kehrte auf halbem Wege um. Seither dehnen sich vor mir Umwege, öde und krumm...«

»Wie bitte?«

»Soll ich es wiederholen?« fragte Wetscherowski.

»Ja.«

Er wiederholte. Ich war den Tränen nahe. Rasch stand ich auf, ließ den Teetopf vollaufen und setzte ihn erneut auf die Flamme.

»Wie gut, daß es Tee gibt«, sagte ich. »Sonst läg ich längst besoffen unterm Tisch.«

»Trotzdem bin ich mehr für Kaffee«, sagte Wetscherowski.

Plötzlich hörte ich, wie jemand in der Wohnungstür den Schlüssel umdrehte. Wahrscheinlich wurde ich weiß wie die Wand, vielleicht sogar grün, jedenfalls beugte sich Wetscherowski besorgt zu mir vor und sagte leise: »Ruhig Blut, Dima... Du bist doch nicht allein.«

Ich hörte ihn kaum.

Draußen im Flur öffnete sich die zweite Tür, Kleider raschelten, schnelle Schritte ertönten, Kaljam stieß einen wilden Schrei aus, und während ich noch wie versteinert dasaß, rief die atemlose Stimme Irkas:

»Kaljamchen!« und gleich hinterher: »Dimka!«

Hals über Kopf stürzte ich in den Flur. Ich flog Irka um den Hals, drückte sie, schmiegte mich an (Irka! Irka!), spürte das vertraute Parfüm – ihre Wangen waren naß, ihr Gestammel ebenso seltsam wie meins: »Dimka! Du lebst! Mein Gott... Was hab ich durchgemacht!«

Schließlich besannen wir uns. Zumindest ich. Das heißt, mir wurde endgültig klar, daß es Irka war und was sie stammelte. Und das unbestimmte Entsetzen, das mich lähmte, verwandelte sich in einen ganz konkreten Alltagsschreck. Ich stellte sie vor mich hin, trat einen Schritt zurück, blickte aufmerksam in ihr verweintes Gesicht (sie war nicht mal angemalt) und fragte:

»Was ist los, Irka? Warum bist du hier? Und Bobka?«

Ich glaube, sie hörte mich gar nicht. Sie umklammerte meine beiden Hände, forschte mit tränennassen Augen in meinem Gesicht und wiederholte nur:

»Ich bin bald verrückt geworden... Ich dachte schon, ich komm zu spät... Was ist bloß passiert?«

Die Hände ineinandergeschlungen, zwängten wir uns in die Küche, ich drückte sie sanft auf meinen Hocker, und Wetscherowski goß ihr schweigend den starken Tee aus dem Aufgußkännchen ein.

Sie trank mit gierigen Zügen, verschüttete die Hälfte auf ihren Staubmantel. Sie war totenbleich und sah so jämmerlich aus, daß ich sie kaum wiedererkannte: die Augen rotgeweint, das Haar struppig und zerzaust. Da wurden mir die Knie weich, und ich sackte mit dem Rücken ans Spülbecken.

»Ist was mit Bobka?« fragte ich mit steifer Zunge.

»Bobka?« wiederholte sie verständnislos. »Wieso Bobka? Deinetwegen hab ich mich verrückt gemacht... Was ist passiert?« schrie sie plötzlich. »Warst du krank?« Wieder tastete sie mich mit den Blicken ab. »Du bist doch gesund wie ein Stier!«

Ich merkte, wie mein Unterkiefer abklappte, und schloß den Mund. Völlig unbegreiflich. Wetscherowski fragte betont ruhig:

»Hat man dir was Schlimmes über Dima mitgeteilt?«

Irkas Blick wanderte von mir zu ihm. Dann rannte sie plötzlich in den Flur und kehrte sofort wieder, wobei sie fieberhaft in ihrem Täschchen wühlte.

»Ja, seht nur, was ich bekommen habe... Seht nur...« Kamm, Lippenstift, Geld, allerlei Zettel und Döschen flogen auf den Fußboden. »Mein Gott, wo hab ich's bloß... Aha!« Sie schleuderte die Tasche auf den Tisch, schob die zitternde Hand in die Manteltasche – die sie nicht gleich fand – und brachte ein zerknülltes Telegramm zum Vorschein. »Da!«

Ich riß das Telegramm an mich. Überflog es. Kapierte nichts... SOFORT KOMMEN SNEGOWOI... Ich überflog es noch mal, las es vor lauter Verzweiflung laut: »DIMAS BEFINDEN SEHR SCHLECHT SOFORT KOMMEN SNEGOWOI... Wieso Snegowoi?« fragte ich. »Warum Snegowoi?«

Wetscherowski nahm mir das Telegramm behutsam aus der Hand.

»Heute früh abgeschickt«, sagte er.

»Wann abgeschickt?« fragte ich laut, als sei ich schwerhörig.

»Heute früh, neun Uhr zweiundzwanzig.«

»Mein Gott! Wie kann er bloß – ob das ein Scherz sein soll?« sagte Irka...

Neuntes Kapitel

18

...als mir. Eine Flugkarte bekam sie natürlich nicht. Mit dem Telegramm fuchtelnd, schlug sie sich zu irgendeinem Chef durch, der schrieb ihr einen Zettel aus, aber was nutzte das: Flugzeuge waren keine auf dem Flugplatz, und als welche kamen, flogen sie ganz woandershin. In ihrer Not stieg sie schließlich in eins, das sie nach Charkow brachte. Dort ging alles von vorn los, zu allem Überfluß goß es in Strömen, und erst gegen Abend kam sie nach Moskau weiter – mit einer Transportmaschine, die Kühlschränke und Särge flog. In Moskau klappte es besser. Aus Domodedowo raste sie nach Scheremetjewo, und von dort aus gelangte sie schließlich in einer Pilotenkabine nach Leningrad. Sie hatte die ganze Zeit nichts gegessen und fast immerzu geheult. Noch im Einschlafen jammerte sie und drohte, gleich morgen früh würde sie zur Post gehen, die Miliz dazuholen und ganz bestimmt rauskriegen, welche Schurken das verbrochen hätten. Selbstverständlich goß ich eifrig Öl ins Feuer: Ja, gewiß, das lassen wir uns nicht gefallen, wer solche Scherze treibt, verdient eins in die Fresse, ach was, der gehört ins Kittchen; natürlich erwähnte ich mit keiner Silbe, daß die Post solche Telegramme nicht ohne entsprechende Bescheinigung annimmt, daß heutzutage solchen Streichen, Gott sei Dank, ein Riegel vorgeschoben ist und daß dieses Telegramm höchstwahrscheinlich überhaupt keinen Absender hatte, sondern vom Fernschreiber in Odessa selbsttätig getippt wurde...

Schlafen konnte ich nicht. Eigentlich war ja auch schon Morgen. Draußen war es ganz hell. Trotz der zugezogenen Gardine war es auch im Zimmer nicht viel anders. Eine Weile lag ich still, streichelte Kaljam, der sich zwischen uns räkelte, lauschte Irkas leisen, gleichmäßigen Atemzügen. Sie schlief immer sehr fest und ausgesprochen genußvoll. Keine Unannehmlichkeit der Welt konnte ihr den Schlaf rauben. Zumindest bis jetzt...

Seitdem ich das Telegramm gelesen hatte, hielt mich eine widerwärtige, qualvolle Starre umfangen. Die Muskeln waren wie verkrampft, in meinem Innern, in der Brust und im Bauch, lag ein riesiger eiskalter Klumpen. Bisweilen drehte sich der Klumpen, und dann befiel mich ein Zittern.

Nachdem Irka mitten im Wort verstummt und eingeschlafen war, hatte ich eine kurze Erleichterung verspürt: Ich war nicht allein, ja mehr noch – der mir wohl am nächsten stehende, liebste Mensch war bei mir. Doch da regte sich in meiner Brust die eisige Kröte, und entsetzt dachte ich: Wie tief bin ich gesunken, was haben die aus mir gemacht, daß ich es fertigbringe, mich über Irkas Gegenwart zu freuen, darüber, daß sie hier mit mir ins Trommelfeuer geraten ist? Nein! Niemals! Morgen, gleich morgen hol ich eine Flugkarte! Sie muß nach Odessa zurück ... Da können tausend Schlangen stehen, mit Fäusten box ich mich zur Kasse durch ...

Mein armes Mädel, was hat sie nicht alles durchgemacht, bloß wegen dieser Halunken, wegen mir, wegen dieser beschissenen diffusen Materie, die samt und sonders nicht soviel wert ist wie ein einziges Fältchen in ihrem Gesicht. Jetzt greifen sie auch noch nach ihr. Nicht genug, daß sie mich fertigmachen, nein, auch sie muß ran. Wozu? Was wollen die von Irka? Lumpenpack, blindwütiges, hauen um sich wie Amokläufer ... Das heißt nein, ihr passiert schon nichts. Die machen bloß mir Angst. Wollen mich kirre kriegen, wenn nicht so, dann eben anders. Auf Biegen und Brechen ...

Plötzlich stellte ich mir den toten Snegowoi vor: Wie er in seinem riesigen gestreiften Hausanzug den Moskowski entlanggeht, klotzig, kalt, mit einem blutverkrusteten Loch im gigantischen Schädel: die Post betritt und sich am Telegrammschalter anstellt, in der Rechten die Pistole, in der Linken das Telegramm; und keiner merkt was, die Schalterangestellte nimmt aus seinen toten Fingern das Telegramm, schreibt die Quittung aus und sagt, ohne an die Gebühr zu denken: »Der nächste bitte ...«

Ich schüttelte den Kopf, um das Schreckensbild zu verjagen, glitt vorsichtig von der Liege und tappte, so wie ich war, in Turnhosen, zur Küche. Dort war es schon taghell, auf dem Hof tschilpten eifrig die Spatzen, scharrte der Besen des Hauswarts. Ich nahm Irkas Täschchen, fand eine zerdrückte Schachtel mit zwei geknickten Zigaretten, setzte mich an den Tisch und rauchte. Geraucht hatte ich lange nicht mehr. Zwei Jahre nicht, vielleicht sogar drei ... Hatte Willenskraft bewiesen. Ja, mein lieber Maljanow. Jetzt wirst du sie brauchen, deine ganze Willenskraft. Scheiße, ich bin ein miserabler Schauspieler, nicht mal richtig lügen kann ich. Aber Irka darf nichts erfahren. Es soll ihr erspart bleiben. Ich muß es allein durchstehen. Helfen kann mir niemand.

Wieso denn helfen? besann ich mich plötzlich. Darum geht's ja gar nicht. Sondern darum, daß ich Irka sowieso nie was von meinen Schwierigkeiten erzähle, wenn's nicht sein muß. Ich mag ihr keinen Kummer bereiten. Freude bereite ich ihr gern, aber Kummer – nein! Wär nicht dieser ganze Mist – wie gern hätt ich ihr jetzt von meinen Kavernen erzählt, sie würde gleich alles verstehen, sie ist ein kluges Kind, obwohl ihr Theorie nicht liegt und sie dauernd klagt, sie sei dumm ... Aber was soll ich ihr jetzt erzählen? Ein Elend ist das ...

An sich ist Schwierigkeit nicht gleich Schwierigkeit. Es gibt Schwierigkeiten unterschiedlicher Größenordnung. Über die winzigen – über die darf man ruhig klagen, das tut sogar wohl. Irka sagt: Unsinn, was regst du dich auf! und gleich wird einem leichter. Wenn es aber hart kommt, ist es einfach unmännlich, darüber zu reden. Dann erfahren weder Mutter noch Irka etwas. Und schließlich gibt es Schwierigkeiten solchen Kalibers, daß man nicht mehr aus noch ein weiß. Erstens: Ob es mir paßt oder nicht – auch Irka ist unter Beschuß geraten. So ein Widersinn, so eine Ungerechtigkeit. Auf mir haut man rum wie auf einer Pauke, aber ich weiß wenigstens, wofür, ahne, wer, und weiß, daß man's auf mich abgesehen hat. Daß es keine blöden Streiche und Schicksalsschläge sind, sondern gezielte Schüsse. Ich finde, es ist doch besser, man weiß, daß man anvisiert wird. Freilich, die Leute sind verschieden, und die meisten wissen so was lieber nicht. Aber nicht so Irka. Die ist tollkühn, ich kenn sie. Wenn sie vor was Angst hat, rennt sie drauf zu, Hals über Kopf. Irgendwie unanständig von mir, sie nicht einzuweihen. Und überhaupt. Ich muß mich entscheiden. Bisher hab ich's vermieden, aber ich komm nicht umhin. Oder hab ich schon entschieden? Weiß es selber nicht und hab schon entschieden ... Ja, wenn ich schon zu wählen hab ... Angenommen, die Entscheidung als solche geht nur mich was an. Ich tu, was ich für richtig halte. Aber die Folgen? Entscheide ich so, beschmeißt man uns nicht bloß mit einfachen, sondern mit Atombomben. Entscheide ich anders ... Interessant, ob Irka Gluchow nett fände? Eigentlich ist er doch ein lieber Kerl, so still und bescheiden ... Den Fernseher müßte man schon Bobka zuliebe kaufen, sonnabends würden wir Ski laufen, ins Kino gehen ... Wie man's auch dreht – es betrifft nicht bloß mich. Unter Bombenhagel zu sitzen ist mies, doch nach zehn Ehejahren dahinterzukommen, daß man mit einer Qualle lebt – auch kein Zuckerlecken ... Und wenn nun doch? Woher weiß ich denn, was Irka an mir liebt? Das ist es ja eben: Ich weiß es nicht! Freilich, sie selber weiß es womöglich auch nicht.

Ich rauchte die Zigarette zu Ende, stand vom Hocker auf und steckte den Stummel in den Mülleimer. Neben dem Mülleimer lag ein Personalausweis. Reizend! Alles haben wir aufgehoben, jeden Papierschnipsel, jede Kopeke, bloß den Ausweis nicht! Ich nahm das schwarzgrüne Büchlein und überflog die erste Seite. Wieso, weiß ich selber nicht. Da brach mir der kalte Schweiß aus. Sergejenko, Inna Fjodorowna. Geburtsjahr: 1939 ... Was ist denn das! Auf dem Bild: Irka ... Nein, nicht Irka. Eine Frau, die ihr gleicht, aber nicht Irka. Eine Inna Fjodorowna Sergejenko.

Ich legte den Ausweis wie ein rohes Ei auf den Tisch, erhob mich und schlich auf Zehenspitzen ins Zimmer. Wieder brach mir der kalte Schweiß aus. Die Frau unter dem Laken hatte ein von ledriger Haut straff umspanntes Gesicht und bleckte die Oberzähne, weiß, messerscharf – wie im Lächeln oder vor Schmerz. Eine Hexe! Wie von Sinnen packte ich sie an der nackten Schulter und rüttelte.

Irka war sofort wach, riß ihre Kulleraugen auf und wisperte: »Dimotschka, was hast du? Tut dir was weh?« Herrgott – Irka! Natürlich Irka! Ich seh ja schon Gespenster! »Hab geschnarcht, was?« murmelte Irka verschlafen und war gleich wieder weg.

Ich kehrte auf Zehenspitzen in die Küche zurück, schob den Ausweis möglichst weit weg, holte aus der Schachtel die letzte Zigarette und rauchte wieder. So. So also leben wir jetzt. Werden wir leben. Von jetzt ab.

Das eisige Tier in meinem Innern regte sich noch eine Weile und erstarrte. Ich wischte mir den ekligen Schweiß vom Gesicht. Da fiel mir etwas ein, und ich griff wieder in Irkas Tasche. Ihr Ausweis war da. Maljanowa, Irina Jermolajewna. Geburtsjahr: 1933. Zum Verrücktwerden! ... Na schön. Aber was hatten die davon? War doch alles kein Zufall. Dieser Ausweis, das Telegramm, Irkas beschwerliche Reise, ja, auch die Särge im Flugzeug – war doch unmöglich Zufall, das alles ... Oder doch? Blinde Wut, Mutter Natur, hirnlose Elementargewalt. Bestätigt doch ausgezeichnet Wetscherowskis Hypothese: Schlägt hier wirklich das Homöostatische Weltgebäude eine Mikrorevolte nieder, dann kann es durchaus so aussehen. Wie wenn ein Mensch mit einem Handtuch Jagd auf eine Fliege macht. Wilde Schläge pfeifen durch die Luft, Vasen fliegen von den Regalen, die Stehlampe kippt um, harmlose

Nachtfalter gehen drauf, die Katze, auf die Pfote getreten, flitzt mit steilem Schwanz unter die Couch... Geballtes, schlecht gezieltes Vorgehen. Was weiß ich denn schon? Vielleicht stürzt grade jetzt hinter Murinski Rutschej ein Haus ein: Gezielt war auf mich, getroffen wurde das Haus, und ich krieg es nicht mal mit, hab nur diesen Ausweis abbekommen. Und alles bloß deshalb, weil ich vorhin an die M-Kavernen gedacht hab? Mir vorgestellt habe, ich könnte Irka davon erzählen...

Nein, so kann ich bestimmt nicht leben. Ich glaub nicht, daß ich ein Feigling bin, aber so leben: keinen Moment Ruhe, vor der eigenen Frau erschrecken, weil man sie für eine Hexe hält... Ja, und Wetscherowski – Gluchow schneidet er einfach. Genauso wird er mich schneiden. Ich werde mich völlig umstellen müssen. Alles wird anders sein. Andre Freunde, andre Arbeit, andres Leben... Eine andre Familie vielleicht auch... Seither dehnen sich vor mir Umwege, öde und krumm... Und schämen werd ich mich, morgens beim Rasieren in den Spiegel zu blikken. Dort wird ein ganz kleiner, ganz stiller Maljanow sein.

Natürlich, auch daran gewöhnt man sich – wie wohl an alles auf der Welt. Auch an jeden Verlust. Aber wenn man bedenkt – ich verlier doch nicht wenig! Zehn Jahre hab ich dafür gearbeitet. Nein, nicht bloß zehn Jahre – das ganze Leben lang. Von Kind an, seit dem Schulzirkel, seit den selbstgebastelten Teleskopen, seit der Berechnung der Wolfschen Zahlen nach irgendwessen Beobachtungen... Meine M-Kavernen – eigentlich weiß ich nichts über sie: was sie hergäben, was jene draus machen könnten, die das Problem nach mir aufgreifen, entwickeln, bereichern, weiterüberliefern, ans nächste Jahrhundert... Anscheinend käme Beachtliches heraus, verliere ich Beachtliches, wenn es der Keim von Erschütterungen ist, gegen die das Weltall selbst aufbegehrt. Milliarden Jahre sind eine lange Frist. In Milliarden Jahren wächst aus einem Schleimklumpen eine Zivilisation...

Aber sie zertreten mich. Zuerst vergällen sie mir das Leben, piesacken mich, treiben mich zum Wahnsinn, und wenn das nichts nützt – zertreten sie mich einfach... Ach herrje! Sechs Uhr. Die Sonne brennt schon wieder.

Und da – für mich selber unerklärlich – verzog sich das kalte Tier aus meiner Brust. Ich stand auf, ging ruhig ins Zimmer hinüber, holte aus dem Schreibtisch meinen Papierkram und nahm den Kuli. In die Küche zurückgekehrt, legte ich alles hin, setzte mich und begann zu arbeiten.

Richtig denken konnte ich natürlich nicht, mein Kopf war wie mit Watte ausgestopft, die Augenlider brannten, aber ich sichtete aufmerksam und gewissenhaft die Entwürfe, sortierte aus, was ich nicht mehr brauchte, ordnete das übrige, nahm mein großes Heft und fing an, alles ins reine zu schreiben – ohne Hast, genüßlich, wobei ich exakt und sorgfältig die Worte wählte.

Viele mögen diese Arbeitsphase nicht – ich ja. Mir macht es Spaß, an der Sprache zu feilen, gemächlich und mit Gefühl nach den schönsten und treffendsten Ausdrücken zu suchen, die Fehler rauszufischen, die sich in die Rohfassung eingeschlichen haben, Diagramme zu zeichnen, Tabellen anzulegen. Das ist die edle Alltagsarbeit des Wissenschaftlers – da zieht er Bilanz, da hat er Gelegenheit, sich an sich selber und am Werk seiner Hände zu freuen.

Und ich freute mich an mir selber und am Werk meiner Hände, bis plötzlich Irka neben mir erschien: mir den nackten Arm um den Hals schlang, ihre warme Wange an meine schmiegte.

»Ja?« sagte ich und richtete mich auf.

Das war meine altvertraute Irka, ganz und gar nicht mehr das Häufchen Unglück von gestern. Rosig, frisch, klaräugig und vergnügt – so stand sie neben mir. Meine Lerche. Ja, Irka ist eine Lerche. Ich bin eine Eule, und sie ist eine Lerche. So eine Klassifizierung gibt es, hab ich mal gehört. Lerchen gehen früh zu Bett, schlafen leicht und gern ein, wachen ebenso leicht und gern auf und fangen gleich zu singen an, und keine Kalamität der Welt kann sie zwingen, etwa bis Mittag im Bett rumzulungern.

»Du hast wohl wieder gar nicht geschlafen?« fragte sie und trat, ohne meine Antwort abzuwarten, an die Balkontür. »Was ist denn da für ein Volksgemurmel?«

Erst da vernahm ich vom Hof her ein ungewöhnliches Stimmengewirr – in der Art, wie es bei Verkehrsunfällen herrscht, wenn die Miliz bereits erschienen und der Krankenwagen noch unterwegs ist.

»Dimka!« rief Irka. »Sieh nur! Ein Wunder!«

Mir stockte das Herz. Diese Wunder kannte ich. Ich sprang auf...

19

...Kaffee trinken. Und da verkündete Irka frohgemut, alles sei herrlich und wunderschön. Letzten Ende wende sich doch immer alles auf der Welt zum Guten. Die zehn Tage in Odessa hätten ihr dicke gereicht, in diesem Sommer sei dort so viel Trubel wie noch nie, und überhaupt habe sie sich heimgesehnt und denke gar nicht daran, nach Odessa zurückzukehren, zumal es bestimmt keine Flugkarten gebe und Mamachen sowieso Ende August auf Besuch kommen wolle und dann Bobka mitbringen könne. Jetzt werde sie, Irka, wieder arbeiten gehen, und zwar gleich nach dem Kaffeetrinken – und in Urlaub fahren wir zusammen, wie wir schon mal vorhatten, im März oder April: nach Kirowsk, in die Berge zum Wintersport.

Wir wollten Rührei mit Tomaten essen. Während ich das Rührei briet, durchstöberte Irka die ganze Wohnung nach Zigaretten, fand jedoch nichts, ließ plötzlich die Nase hängen, machte uns noch Kaffee und fragte, wie es mit Snegowoi gewesen war. Ich erzählte ihr, was ich von Igor Petrowitsch erfahren hatte, wobei ich geflissentlich alle Klippen mied und die Geschichte als einen ausgesprochenen Unglücksfall hinzustellen bemüht war. Beim Erzählen fiel mir die entzückende Lidotschka ein, und um ein Haar hätte ich mich verplappert.

Irka redete über Snegowoi, erinnerte sich an was, zog betrübt die Mundwinkel runter (... »jetzt hat man nicht mal jemand, bei dem man ein Stäbchen schnorren kann!«), ich aber trank in kleinen Schlucken den Kaffee und war nicht einig mit mir, was ich tun sollte: Solange ich Irka nicht alles durch die Bank erzählte, schien mir auch nicht ratsam, das Gespräch auf Lidotschka und den Bestelldienst zu bringen; denn die Sache mit Lidotschka und dem Bestelldienst war restlos unklar – vielmehr, restlos klar: So viel Zeit war vergangen, und Irka hatte weder die Freundin noch ihre Bestellung auch nur mit einem Wort erwähnt. Natürlich konnte es ihr entfallen sein. Erstens – die Riesenaufregung, zweitens vergißt sie überhaupt immer alles. Trotzdem war es besser – sicher ist sicher – die verfänglichen Themen zu meiden. Das heißt, einen kleinen Probeball zu starten, konnte vielleicht nicht schaden.

Ich paßte einen günstigen Moment ab – als nämlich Irka von Snegowoi abkam und zu erfreulicheren Dingen überging: wie

Bobka in den Graben gepurzelt war und die Schwiegermutter gleich hinterher – und fragte beiläufig:

»Na, und was macht deine Lidotschka?«

Mein kleiner Probeball entpuppte sich als ein ziemlich schweres Geschoß. Irka machte große Augen.

»Was denn für eine Lidotschka?«

»Na die... mit der du zur Schule gegangen bist.«

»Ah, die Ponomarjowa? Wie kommst du denn auf die?«

»Bloß so«, stammelte ich. »Rein zufällig.« Solche Gegenfrage hatte ich nicht einkalkuliert. »Odessa, Panzerkreuzer ›Potjomkin‹... Die Fischerkähne mit Äschen... Da ist sie mir eben eingefallen. Was ist denn dabei?«

Irka, die kein Auge von mir wandte, klapperte ein paarmal mit den Lidern und sagte schließlich:

»Wir haben uns getroffen. Hübsch ist sie geworden, die Männer laufen ihr nach.«

Eine Pause trat ein. Verdammt, wie ich die Schwindelei hasse! Ein feines Probebällchen! Ein Eigentor. Unter Irkas prüfenden Blicken stellte ich die leere Tasse auf die Untertasse, sagte mit falscher Stimme: »Was macht denn unser Baum?«, trat an die Balkontür und blickte hinaus. Na gut, Schwamm drüber, mit Lidotschka war jetzt alles klar, ein für allemal. Aber unser Baum, was machte der?

Der Baum war noch da. Die Menge hatte sich gelichtet. Eigentlich standen am Baum nur noch Karo, zwei Hauswarte, ein Mann vom Tiefbauamt und zwei Milizionäre. Sowie ein gelber Streifenwagen. Alle, außer dem Wagen natürlich, schauten auf den Baum und tauschten sich offenbar darüber aus, wie man sich verhalten und was das alles bedeuten sollte. Einer von den Milizmännern nahm die Mütze ab und wischte sich mit dem Taschentuch den rasierten Schädel. Auf dem Hof war es schon ziemlich heiß, und zu den üblichen Gerüchen nach Asphalt, Staub und Benzin hatte sich ein eigenartiger neuer gesellt – Walddu ft. Der rasierte Milizmann setzte plötzlich seine Mütze wieder auf, steckte das Taschentuch weg, hockte sich hin und polkte mit dem Finger in der aufgewühlten Erde. Rasch trat ich vom Balkon zurück.

Irka war schon im Bad. Schnell räumte ich den Tisch ab und spülte das Geschirr Ich war todmüde, wußte aber: Einschlafen konnte ich jetzt sowieso nicht. Wahrscheinlich würde ich überhaupt nicht mehr schlafen können, bevor diese Geschichte nicht ausgestanden war. Ich rief bei Wetscherowski an. Erst als es tutete, fiel mir ein, daß er ja gar nicht zu Hause sein konnte, er mußte Rigorosa abnehmen, doch ehe ich zu Ende gedacht hatte, meldete er sich.

»Du bist zu Hause?« fragte ich blöd.

»Ja, wie soll ich dir das erklären...«, antwortete er.

»Schon gut«, sagte ich. »Hast du den Baum gesehen?«

»Ja.«

»Na und?«

»Ganz bestimmt«, erwiderte Wetscherowski.

Ich schielte zum Bad und sagte halblaut: »Ich glaub, das war ich.«

»Meinst du?«

»Mhm. Ich hab die Reinschrift gemacht.«

»Hast du's geschafft?«

»Nicht ganz. Gleich setz ich mich hin und mach weiter.«

Wetscherowski schwieg.

»Und warum?« fragte er dann.

Ich geriet ins Stammeln.

»Ich weiß nicht... Plötzlich bekam ich Lust, Ordnung reinzubringen. Ich weiß nicht. Wahrscheinlich vor Kummer. Ist doch schade. Und du, gehst du heute nicht weg?«

»Sieht nicht so aus. Was macht Irka?«

»Zwitschert«, sagte ich und mußte unwillkürlich lächeln. »Du kennst doch Irka. Von der prallt alles ab.«

»Hast du's ihr erzählt?«

»Wo denkst du hin! Natürlich nicht.«

»Warum – ›natürlich‹?«

Ich räusperte mich. »Weißt du, Phil, ich schwanke ja selber. Soll ich's ihr sagen oder nicht? Ich komm einfach zu keinem Schluß.«

»Wenn du nicht weißt, was du tun sollst, dann tu nichts«, sagte Wetscherowski.

Ich wollte antworten, so klug sei ich selber, doch da stellte Irka im Bad die Dusche ab, und ich sagte hastig: »Also, mach's gut, ich geh an die Arbeit. Wenn was ist, ruf an, ich bin zu Hause.«

Irka zog sich an, schminkte sich, gab mir einen Schmatz auf die Nase und hüpfte davon. Ich packte mich bäuchlings auf die Liege, die Hände unter dem Kopf, und begann nachzudenken. Sofort erschien Kaljam, erkletterte mich und machte sich auf meinem Rücken lang. Er war weich, heiß und feucht. Und da schlief ich ein. Es war wie eine Ohnmacht. Das Bewußtsein schwand und stellte sich plötzlich wieder ein. Kaljam lag nicht mehr auf meinem Rücken, an der Tür klingelte es. Unser verabredetes Zeichen: kling ling-ling ling-ling. Ich rollte mich von der Liege. Mein Kopf war klar, ich fühlte mich ungewöhnlich kampflustig. Bereit zum ruhmreichen Tod. Ich begriff: Eine neue Runde begann. Aber Angst empfand ich nicht mehr, nur noch wilde Entschlossenheit.

Allerdings stand draußen lediglich Waingarten. Nicht zu fassen – noch verschwitzter, zerzauster, glotzäugiger und aufgelöster als gestern.

»Was ist das für ein Baum?« erkundigte er sich gleich von der Schwelle aus, und zwar im Flüsterton, was ebenfalls unfaßlich war. »Du kannst ruhig laut reden«, sagte ich. »Komm rein!«

Vorsichtig, nach allen Seiten schielend, trat er ein, stellte zwei schwere Einkaufsnetze mit gewaltigen Manuskriptmappen unter die Flurgarderobe und wischte sich mit der nassen Hand den nassen Hals. Ich zog Kaljam am Schwanz in den Wohnungsflur und schloß die Tür.

»Na?« fragte Waingarten.

»Siehst ja«, erwiderte ich. »Komm ins Zimmer!«

»Der Baum da – hast du den zerbrochen?«

»Ja.«

Wir setzten uns, ich an den Tisch, er in den Sessel daneben. Aus seinem unten aufgeknöpften Nylonjäckchen quoll sein riesiger, behaarter Bauch vor, schlecht und recht durch ein Netzhemd verhüllt. Er ächzte und pustete, wischte sich trocken und vollführte im Sitzen allerlei Verrenkungen, um aus der Gesäßtasche Zigaretten zu angeln. Dabei brubbelte er schwärzeste Flüche, die niemand Bestimmtem galten.

»Wir kämpfen also mutig weiter«, sagte er, als endlich dicker Rauch aus seinen behaarten Nasenlöchern quoll. »Besser stehend zu sterben – tam-ta-ram –, als auf den Knien zu leben. Idiot!« geiferte er. »Bist du wenigstens unten gewesen? Du Schlafsack auf Beinen! Hast du dir wenigstens angesehen, wie er aus dem Boden geschossen ist? Das ist ja eine Explosion gewesen. Und wenn's unter deinem Arsch gekracht hätte? Ta-ra-ta-ta und tam-ta-ram!«

»Was brüllst du?« sagte ich. »Soll ich dir Baldrian geben?«

»Wodka hast du nicht?«

»Nein.«

»Na dann Wein.«

»Alles alle. Was hast du mir da gebracht?«

»Meinen Nobelpreis!« jaulte er. »Meinen Nobelpreis bring ich! Aber nicht dir, du Idiot. Du hast selber genug am Hals!« Wie ein Wilder begann er, sein Jäckchen auch oben aufzuknöpfen, riß einen Knopf ab und fluchte. »Idioten gibt's heute kaum noch«, erklärte er. »Die Mehrzahl denkt mit Recht, es ist besser, reich und gesund zu sein als arm und krank. Was brauchen wir schon viel: einen Waggon Brot, einen Waggon Kaviar, von mir aus schwarzen zu Weißbrot. Das neunzehnte Jahrhundert ist vorbei, Vater«, sagte er inbrünstig. »Es ist längst tot und begraben, und alles, was noch übrig ist, sind Miasmen, Vater, nur Miasmen. Ich hab kein Auge zugetan, die ganze Nacht. Sachar schnarcht, sein grauslicher Bengel schnarcht, bloß ich liege wach, mach Schluß mit den Resten des neunzehnten Jahrhunderts in meinem Kopf. Zwanzigstes Jahrhundert, Alter, heißt Berechnung und keinerlei Emotionen! Emotionen sind bekanntlich ein Mangel an Information, nichts weiter. Stolz, Ehre, Nachfahren – alles adliges Gewäsch. Athos, Porthos und Aramis. Ich kann es nicht. Ich nicht – tam-ta-ra-tam! Werte? Bitte sehr. Das Kostbarste auf der Welt ist meine eigene Person, sind meine Familie und meine Freunde. Alles andre kann mir gestohlen bleiben. Für das andre bin ich nicht verantwortlich. Mich schlagen? Wenn's sein muß. Für mich. Für meine Familie, die Freunde. Bis aufs Blut. Aber für die Menschheit? Die Würde des Erdbewohners? Das galaktische Prestige? Für Worte schlag ich mich nicht! Da hab ich Wichtigeres zu tun! Mach du doch, was du willst. Aber hör lieber auf mich: Sei kein Idiot!«

Er sprang auf und segelte, gewaltig wie ein Luftschiff, in die Küche. Aus dem Hahn über dem Spülbecken schoß brausend Wasser.

»Unser ganzes Arbeitsleben«, brüllte er aus der Küche, »ist eine einzige Kette von Abmachungen! Man muß ja ein Vollidiot sein, um unvorteilhafte Abmachungen zu treffen! Das hat man schon im neunzehnten Jahrhundert gewußt...« Er brach ab, ich hörte, wie er glucksend schluckte. Dann verstummte der Wasserhahn, und Waingarten kam zurück, wischte sich den Mund. »Von Wetscherowski darfst du keinen Rat erwarten«, belehrte er mich. »Das ist kein Mensch – das ist ein Roboter. Und nicht mal ein Roboter aus dem einundzwanzigsten Jahrhundert, nein, aus dem neunzehnten. Wenn man im neunzehnten Jahrhundert Roboter zu bauen verstanden hätte, wären es solche Wetscherowskis geworden... Von mir aus haltet mich für einen Hundsfott. Ich hab nichts dagegen. Aber abmurksen laß ich mich nicht! Von keinem. Und um nichts in der Welt. Ein lebendiger Köter taugt mehr als ein toter Löwe, und erst recht taugt ein lebendiger Waingarten mehr als ein toter Waingarten. Das ist Waingartens Standpunkt und auch der seiner Familie und seiner Freunde, wie ich annehmen darf...«

Ich ließ ihn ausreden. Ich kenne ihn, diesen Brüllaffen, ein Vierteljahrhundert, und zwar ein Viertel des zwanzigsten Jahrhunderts. Er zetert so, weil er alles in Fächer verteilt hat. Sinnlos, ihm jetzt in die Parade zu fahren – er hört ja doch nicht hin. Solange Waingarten noch nicht die richtigen Fächer für alles gefunden hat, kann man mit ihm ganz normal, gleich mit gleich, streiten, ja ihn sogar leicht umstimmen. Aber ein Waingarten, der mit dem Sortieren fertig ist, verwandelt sich in ein Tonband. Er brüllt und wird ekelhaft zynisch – das ist wohl ein Relikt aus seiner schweren Kindheit.

Also schwieg ich still, wartete, bis das Band abgelaufen war, und nur eins fiel mir auf: daß er zu oft von den lebendigen und den toten Waingartens sprach. Angst traute ich ihm nicht zu, er war ja nicht ich. Ich hatte Waingarten in den verschiedensten Ausführungen erlebt: Waingarten verliebt, Waingarten als Jäger, Waingarten als grober Flegel, Waingarten grün und blau geprügelt. Nur einen Waingarten kannte ich noch nicht – den erschrockenen. Ich wartete ab, bis er eine Schaltpause machte und in seine Zigarettenschachtel grapschte.

»Sag mal – du hast dich wohl einschüchtern lassen?« fragte ich, um mir Gewißheit zu verschaffen.

Ungesäumt legte er die Zigarettenschachtel hin und hielt mir über dem Tisch eine riesige nasse Faust mit durchgestrecktem Daumen unter die Nase. Auf diese Frage schien er nur gelauert zu haben. Die Antwort war auf seinem Tonband parat, nicht nur gestisch, sondern auch verbal.

»Nicht soviel hat man mich eingeschüchtert!« sagte er und fuhrwerkte mit seiner Faust vor meiner Nase rum. »Wir leben doch nicht im neunzehnten Jahrhundert. Eingeschüchtert hat man im neunzehnten. Im zwanzigsten macht man so einen Blödsinn nicht. Im zwanzigsten wird gute Ware gekauft. Nicht eingeschüchtert – gekauft hat man mich! Kapiert, altes Haus? Ist doch eine Alternative. Entweder man frikassiert dich, oder du kriegst ein schönes neues Institut, um dessentwillen sich schon zwei korrespondierende Mitglieder die Gurgeln durchgebissen haben. In diesem Institut bau ich dir zehn Nobelpreise, kapiert? Freilich, auch die Ware ist gediegen. Das Recht der Erstgeburt, sozusagen. Waingartens Recht auf die Freiheit wissenschaftlicher Neugier. Keine schlechte Ware, Alter, keine schlechte, mußt du zugeben! Aber ein Ladenhüter! Aus dem neunzehnten Jahrhundert! Im zwanzigsten hat sowieso kein Mensch diese Freiheit. Mit dieser Freiheit kannst du dein Lebtag als Laborant versauern und Reagenzgläser putzen. So ein Institut ist kein Linsengericht! Ich setz dort zehn, ja zwanzig Ideen an, und wenn ihnen die eine oder andre wieder nicht paßt – na dann feilschen wir eben wieder! Gewalt knickt den Halm, Alter! Spucken wir lieber nicht in den Wind. Wenn ein Panzer auf dich zurollt und du hast bloß deinen Kopf als Waffe, dann mußt du zusehen, daß du rechtzeitig wegspringst...«

Er brüllte noch eine ganze Weile, rauchte, hustete krächzend, sprang zur leeren Bar und guckte rein, sprang enttäuscht zurück und brüllte weiter, wurde dann still, beruhigte sich, fläzte sich in den Sessel, blickte, den dickschnauzigen Kopf zurückgelehnt, an die Decke und schnitt beängstigende Fratzen.

»Na schön«, sagte ich. »Aber deinen Nobelpreis, wohin schleppst du den? Du mußt doch ins Kesselhaus, bist aber zu mir in den fünften Stock rauf.«

»Zu Wetscherowski«, antwortete er.

Ich war platt. »Was soll denn der damit?«

»Weiß nicht. Frag ihn selber.«

»Moment mal«, sagte ich. »Hat er dich etwa angerufen?«

»Nein, ich ihn.«

»Na und?«

»Was – na und?« Er kam im Sessel hoch und knöpfte sein Jäckchen zu. »Ich hab ihn heute früh angerufen und ihm gesagt, daß ich die Taube in der Hand vorziehe.«

»Na und?«

»Was – na und? Da hat er zu mir gesagt: Bring, hat er gesagt, dein ganzes Material zu mir.«

Wir schwiegen.

»Ich versteh nicht, was er mit deinem Material will«, sagte ich.

»Ein Don Quichotte ist er!« bellte Waingarten. »Hat noch keine Federn lassen müssen! Hat doch nie Blut geschwitzt!«

Plötzlich begriff ich.

»Hör mal, Valka«, sagte ich. »Tu das nicht. Hol ihn der Teufel – er ist übergeschnappt! Sie machen Hackfleisch aus ihm! Wozu das?«

»Ja, aber was dann?« fragte Waingarten begierig. »Was dann?«

»Verbrenn sie doch, in drei Teufels Namen, diese deine Revertase! Komm, wir machen's gleich. In der Badewanne... Na, was ist?«

»Leid tut's mir drum«, sagte Waingarten und wandte den Blick ab. »Bis zum Gehtnichtmehr... Ist doch erste Klasse, die Arbeit, Exquisit. De luxe.«

Betroffen schwieg ich. Er jedoch schoß wieder aus dem Sessel, tigerte durchs Zimmer, in den Flur raus und zurück, und ließ wieder sein Tonband laufen.

Man schämt sich – jawohl! Ist in seiner Ehre gekränkt – jawohl! Im Stolz verletzt. Erst recht, wenn man's für sich behält. Aber Stolz – was ist das schon? Glatte Idiotie. Einfach zum Kotzen. Die meisten Leute, die allermeisten würden an unserer Stelle keine Sekunde schwanken. Und uns Idioten nennen. Völlig zu Recht. Was denn – haben wir noch nie einen Rückzug angetreten? Und ob! Tausendmal! Und tausendmal werden wir's noch müssen! Und keinesfalls vor Göttern – nein, vor einer schäbigen Beamtenseele, vor einer Laus, an der man keinen Nagel schmutzig machen möchte...

Da langte es mir, daß er dauernd vor mir rumrannte, schwitzte und sich rechtfertigte, und ich sagte, Rückzug antreten, bitte sehr, aber er trete ja keinen Rückzug an, er kneife, kapituliere. Na, da ging er erst hoch! Der Schlag saß. Aber mir tat es kein bißchen leid. Weil ich nicht ihm auf den Hauptnerv geschlagen hatte, sondern mir selbst... Kurzum, wir verzankten uns, und Waingarten zog ab. Nahm seine Netze und ging zu Wetscherowski. Auf der Schwelle sagte er, er käme später wieder, doch da eröffnete ich ihm, Irka sei zurück, und er verzagte vollends. Er mag es nicht, wenn man ihn nicht mag.

Ich setzte mich an den Tisch, holte wieder meine Blätter raus und begann zu arbeiten. Das heißt: Natürlich nicht zu arbeiten, sondern zu ordnen und zu formulieren. Anfangs wartete ich bloß darauf, daß eine Bombe unter meinem Tisch explodierte oder eine blaue Visage mit einem Strick um den Hals ins Fenster guckte. Aber nichts dergleichen geschah, ich vertiefte mich in meine Beschäftigung – doch schon läutete es wieder an der Tür.

Ich öffnete nicht sofort. Zuerst ging ich in die Küche und holte den Fleischklopfer – so ein grusliges Ding mit Zacken an der einen und einem Beilchen an der anderen Seite. Wenn mir einer was will – peng! –, vor den Dez und Sense. Ich bin ein friedfertiger Mensch, mag weder Streit noch Prügeleien wie Waingarten, aber jetzt reicht's. Endgültig.

Ich öffnete. Draußen stand Sachar.

»Tag, Dimka, bitte nicht böse sein«, sagte er übertrieben familiär.

Unwillkürlich glitt mein Blick tiefer. Aber sonst stand keiner da. Sachar war allein.

»Bitte, bitte. Treten Sie näher«, sagte ich. »Ist ja nett.«

»Wissen Sie, ich komm bloß mal so«, fuhr er im selben gekünstelten Ton fort, der so gar nicht zu seinem verklemmten Lächeln und seiner überaus intelligenten Gesamterscheinung paßte. »Kann Waingarten nicht auftreiben, weiß der Teufel, wo er steckt ... Den ganzen Tag ruf ich bei ihm an – keiner da. Jetzt geh ich zu Philipp ... äh ... Palytsch, und da denk ich: Willst doch mal schauen, vielleicht ist er bei Ihnen ...«

»Wer? Philipp Pawlowitsch?«

»Nein, Valentin ... Waingarten.«

»Der ist auch zu Philipp Pawlowitsch gegangen«, sagte ich.

»Ach so ist das!« rief Sachar, hocherfreut. »Ist das lange her?«

»Eine Stunde etwa.«

Plötzlich wurde sein Gesicht starr – er hatte den Fleischklopfer entdeckt.

»Sie machen wohl Mittag?« säuselte er und fügte, ohne meine Antwort abzuwarten, eilends hinzu: »Na ja, dann will ich Sie nicht länger stören ...« Er schob sich zur Tür, hielt inne. »Ach, hab doch vergessen ... Das heißt, nicht vergessen, ich weiß einfach nicht, wo ... in welcher Wohnung Philipp Palytsch wohnt.«

Ich sagte es ihm.

»Aha, gut ... Wo er mich doch angerufen hat, wissen Sie, und ich hab vergessen ... Über dem Gespräch ...«

Er wich noch einen Schritt zurück und klinkte die Tür auf.

»Na klar, kann passieren«, sagte ich. »Und wo ist Ihr Junge?«

»Hab's hinter mir! Alles!« rief er glücklich aus, setzte den Fuß über die Schwelle und ...

Zehntes Kapitel

20

... mich zum Großreinemachen dieses Schweinestalls zu bewegen. Mit knapper Not wimmelte ich sie ab. Wir kamen überein, daß ich mich hinsetzen und meine Arbeit beenden würde, Irka hingegen, wenn sie es partout nicht aushielt, wenn sie partout nichts mit sich anzufangen wußte und völlig außerstande war, sich mit der neuesten »Ausländischen Literatur« in der Badewanne zu aalen – Irka sollte die Wäsche sortieren und sich mit Bobkas Zimmer befassen. Ich wollte das große Zimmer übernehmen, allerdings morgen, morgen, nur nicht heute. Dann aber so, daß es glänzte und blitzte.

Ich ließ mich an meinem Tisch nieder, und eine Zeitlang blieb alles still und ruhig. Ich arbeitete, arbeitete mit Vergnügen, ja mit unwahrscheinlichem Vergnügen. Etwas Ähnliches hatte ich früher nie empfunden. Mich beseelte eine seltsame, finstere Genugtuung, ich schwelgte in Stolz und Selbstachtung. Mir schien, so müsse sich ein Soldat fühlen, der mit seinem MG zurückbleibt, um den Rückzug der Kameraden zu decken: Er ist allein, weiß, daß er hier nicht mehr wegkommt, daß er nie mehr etwas sehen wird außer diesem dreckigen Feld, den anrückenden Gestalten in fremden Uniformen und dem niedrigen, trüben Himmel, und er weiß auch, daß es so richtig ist, daß es anders nicht geht, und ist stolz. Und während ich arbeitete, saß ein Wachposten in meinem Gehirn und beobachtete hellhörig und luchsäugig alles ringsum, wohl wissend, daß nichts überstanden war, daß alles weiterging und im Schubfach griffbereit das furchterregende Hämmerchen mit den Zacken und der Beilschneide lag. Und in einem bestimmten Moment ließ mich dieser Wächter den Kopf heben, weil im Zimmer etwas passiert war.

Passiert war eigentlich nichts Besonderes: Vor dem Tisch stand Irka und sah mich stumm an. Indes mußte zweifellos etwas passiert sein, etwas völlig Abwegiges und Ungeheuerliches, denn Irkas Augen waren quadratisch und ihre Lippen geschwollen. Ehe ich einen Ton sagen konnte, feuerte mir Irka einen rosa Fetzen vor die Nase, mitten auf meine Arbeit, und ich nahm ihn automatisch in die Hand und stellte fest, daß es ein Büstenhalter war.

»Was ist das?« fragte ich, völlig verdattert, während ich abwechselnd auf Irka und den BH blickte.

»Ein Büstenhalter«, sagte Irka mit entstellter Stimme, kehrte mir den Rücken zu und entschwand in die Küche.

Von schrecklichen Vorahnungen durchschauert, drehte ich das Stückchen rosa Spitze in den Händen und begriff nichts. Verdammt, was wird hier gespielt? Was soll der BH? Plötzlich fielen mir die verhexten Frauen ein, die über Sachar hergefallen waren. Angst um Irka packte mich. Ich warf den BH hin, sprang auf und stürmte in die Küche.

Irka saß auf dem Hocker, die Ellbogen auf den Tisch gestützt, den Kopf in den Hände vergraben. Zwischen den Fingern ihrer rechten Hand qualmte eine Zigarette.

»Rühr mich nicht an«, sagte sie erschreckend ruhig.

»Irka!« hauchte ich jammervoll. »Irkalein! Ist dir schlecht?«

»Vieh«, sagte sie unbegreiflicherweise und setzte mit bebenden Fingern die Zigarette an den Mund. Ich sah, daß sie weinte.

Rettungsdienst rufen? Nein, hilft nicht, was soll hier der Rettungsdienst!... Baldrian? Brom? Mein Gott, was für ein Gesicht sie macht... Ich schnappte ein Glas und reichte ihr Wasser.

»Jetzt ist mir alles klar«, sagte Irka, krampfhaft den Rauch schlingend, und stieß mein Glas mit dem Ellbogen weg. »Das mit dem Telegramm, alles... Wir sind also soweit. Wer ist sie?«

Ich setzte mich und trank einen Schluck Wasser.

»Wer?« fragte ich dümmlich.

Einen Augenblick lang hatte es den Anschein, als wollte sie mich schlagen.

»Meine Güte, was für ein edles Schwein«, sagte sie angeekelt. »Will nicht das eheliche Lager beschmutzen... Nein, wie hochherzig... Treibt es im Zimmer seines Sohnes.«

Ich trank das Glas aus und wollte es hinstellen, doch die Hand gehorchte mir nicht. Den Arzt! schoß es mir durch den Kopf. Irka, mein Liebes! Den Arzt!

»Na schön«, sagte Irka. Mich blickte sie nicht mehr an. Sie blickte aus dem Fenster und rauchte hektisch. »Na schön, lassen wir das. Du selber hast immer gesagt: Liebe ist ein Vertrag. Wie schön sich das bei dir angehört hat: Liebe, Ehrlichkeit, Freundschaft... Da müßt ihr wenigstens aufpassen, daß ihr die BHs nicht liegenlaßt... Wer weiß, vielleicht findet sich auch noch ein Schlüpfer?«

Da platzte in meinem Kopf eine Art Kugelblitz. Es fiel mir wie Schuppen von den Augen.

»Irka!« sagte ich. »Mein Gott. Wie hast du mich erschreckt.«

Natürlich war sie auf eine völlig andere Antwort gefaßt gewesen. Daher wandte sie mir plötzlich ihr Gesicht zu, ihr liebes, blasses, verweintes Gesicht, und sah mich mit so viel Erwartung, so viel Hoffnung an, daß auch ich fast losgeheult hätte. Sie wünschte sich nur eins: Daß sich alles sofort aufklärte, als Lappalie, als Irrtum, dummer Zufall erwies.

Da war das Maß voll. Ich konnte nicht mehr. Ich wollte es nicht mehr für mich behalten. Ich überschüttete sie mit der ganzen Lawine des Grauens und des Wahnsinns der letzten beiden Tage.

Mag sein, daß sich meine Erzählung anfangs wie ein Witz anhörte. Ganz bestimmt sogar. Trotzdem redete ich und redete, einfach drauflos, ohne ihr Raum für giftige Zwischenbemerkungen zu lassen, wirr und unchronologisch, und ich sah, wie auf ihrem Gesicht Mißtrauen und Hoffnung nach und nach der Verwunderung, der Besorgnis, der Angst und schließlich dem Mitleid wichen...

Wir saßen bereits im großen Zimmer vor dem geöffneten Fenster, sie im Sessel, ich auf dem Teppich daneben, die Wange an ihr Knie gepreßt – und da erst merkten wir, daß draußen ein Gewitter niederging. Über den Dächern hatte sich eine lila Wolke breitgemacht, es goß in Strömen, wilde Blitze züngelten. Große, kalte Spritzer klatschten aufs Fenstersims, flogen ins Zimmer, Windstöße bauschten die gelbe Gardine, wir jedoch saßen still, und Irka strich mir sanft übers Haar. Ich fühlte mich erlöst. Wir hatten uns ausgesprochen. Ich war das halbe Leid los. Nun ruhte ich mich aus, das Gesicht an ihrem glatten, braungebrannten Knie. Es donnerte fast unaufhörlich, unterhalten konnte man sich kaum, und ich hatte auch gar keine Lust mehr dazu.

Schließlich sagte sie:

»Dimka. Du brauchst dich nicht nach mir zu richten. Du mußt so entscheiden, als wenn ich gar nicht da wäre. Weil ich sowieso bei dir bleibe. Egal, wie du entscheidest.«

Ich schmiegte mich fest an sie. Im Grunde hatte ich gewußt, daß sie so antworten würde, und ihre Worte waren eigentlich überflüssig, dennoch war ich ihr dankbar.

»Sei mir bitte nicht böse«, fuhr sie nach kurzem Schweigen fort, »aber es will mir einfach nicht in den Kopf... Nein, ich glaub dir, wirklich. Aber irgendwie find ich es zu gruslig, das alles... Ob es sich nicht doch anders erklären läßt? Ein bißchen – na, einfacher vielleicht, verständlicher?«

»Wir haben es versucht«, sagte ich.

»Nein, was red ich da... Wetscherowski hat natürlich recht... Nicht mit diesem seinem Homöostatischen Weltall, nein, recht hat er, daß es nicht darum geht. Tatsächlich – wo ist da ein Unterschied? Sich ergeben, wenn es das Weltall ist, kämpfen, wenn es eine Superzivilisation ist? Aber hör nicht auf mich. Ich red bloß so... Weil ich ganz durcheinander bin.«

Sie schauderte.

Ich stand auf, zwängte mich neben sie in den Sessel und umarmte sie. Jetzt wollte ich bloß noch eins: in allen Tonarten wiederholen, daß ich entsetzliche Angst hatte. Angst um mich, um sie, um uns beide... Aber das wäre natürlich sinnlos und wohl auch grausam gewesen.

Mir schien, wenn es sie nicht gäbe, wüßte ich genau, was ich zu tun hätte. Doch es gab sie. Und ich wußte, daß sie auf mich stolz war, seit eh und je. Ich bin zwar recht langweilig und nicht gerade ein Erfolgsmensch, aber stolz kann man auch auf mich sein. Früher mal war ich ein guter Sportler, arbeiten kann ich. Grips hab ich, im Observatorium bin ich gut angeschrieben und im Freundeskreis auch, ich versteh zu feiern, kann witzig sein, streiten... Auf all das ist sie stolz. Ein bißchen nur, aber immerhin. Ich hab doch gemerkt, wie sie mich manchmal anblickt. Nein, ich weiß wirklich nicht, wie sie meine Verwandlung in eine Qualle aufnehmen würde. Womöglich kann ich sie dann auch nicht mehr richtig lieben, nicht mal dazu wär ich noch fähig...

Und als antworte sie auf meine Gedanken, sagte sie, plötzlich auflebend: »Erinnerst du dich, wie wir uns beide gefreut haben, daß alle Prüfungen vorbei sind und wir nie mehr welche ablegen müssen? Und jetzt stellt sich raus: Es waren doch nicht alle, eine steht noch bevor.«

»Ja«, sagte ich und dachte: Bloß, daß bei dieser Prüfung kein Mensch weiß, was besser ist: eine Eins oder eine Fünf. Und daß man überhaupt nicht weiß, wofür es die Eins gibt und wofür die Fünf.

»Dimka«, flüsterte sie und blickte mich voll an. »Dann hast du doch wirklich was Tolles rausgekriegt, wenn sie dir so zusetzen.

Eigentlich müßtest du stolz sein, und überhaupt ihr alle... Daß euch der große Kosmos ernst nimmt!«

»Hm«, brummte ich und dachte: Waingarten und Gubar haben keinen Grund mehr, stolz zu sein, und was mich betrifft, so ist alles noch fraglich.

Und wieder sagte sie, als hätte sie meine Gedanken erraten: »Überhaupt ist nicht wichtig, wozu du dich entschließt. Wichtig ist nur, daß du zu einer solchen Entdeckung fähig bist... Erzählst du mir wenigstens, worum es geht? Oder darfst du das auch nicht?«

»Ich weiß nicht«, sagte ich und dachte: Nanu, will sie mich trösten, oder denkt sie tatsächlich so, oder ist auch sie schon derart eingeschüchtert, die Ärmste, daß sie mich zur Kapitulation animiert, oder versüßt sie nur die Pille, die ich – das weiß sie bereits – sowieso schlucken muß? Oder ist es vielleicht umgekehrt: Stachelt sie mich zum Kämpfen an, entfacht sie meinen erlöschenden Ehrgeiz?

»Diese Schweine«, sagte sie leise. »Aber uns beide trennen – das schaffen sie nie! Meinst du nicht auch, Dimka?« – »Natürlich« sagte ich und dachte: Darum geht es ja, Kleines, nur darum.

Das Gewitter zog ab. Die Wolke entschwebte, sich gemächlich einrollend, nach Norden und riß einen grauen Nebelhimmel auf, der keine Sturzbäche mehr niedersandte, sondern nur noch trübes Geniesel.

»Regen hab' ich mitgebracht«, sagte Irka. »Und dabei dachte ich, wir fahren am Sonnabend nach Solnetschnoje.«

»Bis Sonnabend ist es noch lange hin«, sagte ich. »Vielleicht fahren wir wirklich.«

Alles war gesagt. Jetzt mußten wir über Solnetschnoje reden, über Bücherregale für Bobka, über die Waschmaschine, die wieder mal den Geist ausgehaucht hatte. Das taten wir denn auch. Wir wiegten uns in der Illusion eines gewöhnlichen Abends, und um diese Illusion zu verlängern, beschlossen wir, Tee zu trinken. Wir machten ein neues Päckchen Ceylon-Tee auf, das Aufgußkännchen wurde sorgsamst, nach allen Regeln der Kunst, mit heißem Wasser ausgespült, auf den Tisch kam feierlich die Schachtel »Pique Dame«, und dann standen wir beide am Teekessel und ließen kein Auge vom Wasser, um den Moment des Aufwallens nicht zu verpassen, wobei die üblichen Frotzeleien ausgetauscht wurden, und als ich die Tassen und Untertassen auf den Tisch stellte, nahm ich den sakrosankten Schein vom Bestelldienst, den Zettel über Lidotschka sowie den Ausweis der Sergejenko, I. F., knüllte alles zusammen und ließ es unbemerkt im Mülleimer verschwinden.

Wir tranken wunderschönen Tee – es war richtiger Tee, »Tee als Getränk« –, sprachen über alles mögliche, nur nicht über das Wichtigste, und ich dachte die ganze Zeit, woran Irka wohl denken mochte, denn sie sah aus, als habe sie den ganzen Schreck schon vergessen, erleichtert vergessen, nachdem sie gesagt hatte, was sie davon hielt, und ich fühlte mich mit meiner Entscheidung wieder alleingelassen.

Nach dem Teetrinken sagte sie, sie wolle jetzt bügeln und ich solle mich zu ihr setzen und etwas Lustiges erzählen. Ich räumte das Geschirr weg, doch da klingelte es an der Tür.

Unter leisem Geträller »Nur die Berge sind schöner als Berge...« begab ich mich in den Flur – nach einem kurzen Seitenblick auf Irka, die seelenruhig mit einem trockenen, sauberen Lappen den Tisch polierte. Erst als ich den Schlüssel umdrehte, fiel mir der Fleischklopfer ein, aber ihn zu holen wäre lächerlich und peinlich gewesen, also öffnete ich die Tür.

Ein langer, blutjunger Bursche in nassem Regencape und mit nassem Haar erklärte gleichmütig:

»Ein Telegramm. Ihre Unterschrift bitte...«

Ich nahm ihm den Bleistiftstummel aus der Hand, drückte die Quittung an die Wand, vermerkte nach seinen Angaben Datum und Uhrzeit, unterschrieb, reichte den Bleistift und die Quittung zurück, dankte und schloß die Tür. Ich wußte, etwas Gutes war nicht zu erwarten. Gleich im Flur, unter dem hellen 500-Watt-Leuchter, entfaltete ich das Telegramm und las es.

Es kam von der Schwiegermutter. ANKUNFT MIT BOBKA MORGEN ABHOLEN FLUG NR. 425 BOBKA SCHWEIGT STÖRT HOMÖOPATHISCHES WELTGEBÄUDE KUSS MAMA. Unten war ein Kontrollstreifen aufgeklebt. HOMÖOPATHISCHES WELTGEBÄUDE. Ich las das Telegramm einmal, zweimal, faltete es ganz langsam zusammen, knipste das Licht aus und ging den Korridor entlang. Irka erwartete mich bereits, mit dem Rücken an die Badezimmertür gelehnt. Ich reichte ihr das Telegramm, sagte: »Mama und Bobka kommen morgen« und ging schnurstraks an meinen Tisch. Dort lag noch immer Lidotschkas BH rum. Ich packte ihn fein säuberlich aufs Fensterbrett, raffte meine Blätter zusammen, ordnete sie und steckte sie in das große Heft, dann nahm ich eine schöne neue Schreibmappe, tat alles hinein, band die Strippen zu und malte im Stehen drauf: »D. Maljanow. Zur Frage der Wechselwirkung der Sterne und der diffusen Materie in der Galaxis.« Überflog es, dachte kurz nach und strich »D. Maljanow« fett durch. Dann klemmte ich die Mappe unter den Arm und zog los. Irka lehnte immer noch an der Badezimmertür, das Telegramm an die Brust gepreßt. Als ich vorbeiging, machte sie eine vage Handbewegung – wie um mich aufzuhalten oder mir zu danken. Ohne sie anzublicken, sagte ich: »Zu Wetscherowski. Bin gleich wieder da.«

Langsam stieg ich die Treppe hinauf, Stufe für Stufe, immer wieder die Mappe zurechtrückend, die mir unter dem Arm wegrutschen wollte. Im Treppenhaus brannte aus irgendeinem Grunde kein Licht, es war dämmrig und still, man hörte nur das Geplätscher des Wassers, das vor den offenen Fenstern vom Dach rann. An der Nische im sechsten Stock, wo sich neulich das Pärchen geküßt hatte, blieb ich stehen und blickte in den Hof hinab. Das schwarze Laub des mächtigen Baumes schimmerte naß, der Hof war leer, der Regen kräuselte die blinkenden Pfützen.

Ich traf niemand auf der Treppe, lediglich zwischen dem siebten und achten Stock kauerte auf den Stufen ein kleiner Mann, jämmerlich anzusehen, einen grauen altmodischen Hut neben sich. Vorsichtig wich ich ihm aus und trottete weiter, doch plötzlich sagte er: »Gehen Sie da nicht hin, Dmitri Alexejewitsch.« – Ich blieb stehen und blickte den Kauernden an. Es war Gluchow.

»Gehen Sie da nicht hin«, wiederholte er. »Es wäre nicht gut.«

Er stand auf, nahm seinen Hut, straffte sich mühsam, das Kreuz mit den Händen stützend, und ich sah, daß sein Gesicht ganz schwarz war, dreck- oder rußverschmiert; die komische Brille saß schief und der kleine Mund war fest zusammengepreßt, als leide er starke Schmerzen. Er rückte die Brille zurecht und sagte, kaum die Lippen bewegend: »Noch eine Mappe. Eine weiße. Noch eine Kapitulation.«

Ich schwieg. Gluchow schlug seinen Hut leicht ans Knie, als staube er ihn ab, rieb ihn dann mit dem Ärmel. Auch er schwieg, ging jedoch nicht. Ich wartete, ob er noch etwas sagen würde.

Sie müssen verstehen«, begann er schließlich wieder, »kapitulieren ist immer furchtbar. Im vorigen Jahrhundert erschoß man sich sogar, um nicht zu kapitulieren. Keineswegs aus Angst vor

Folterungen oder KZ, auch nicht aus Angst, etwas bei der Folter zu verraten, nein, einfach aus Schmach.«

»Das ist auch in unsrem Jahrhundert passiert«, sagte ich. »Und gar nicht so selten.«

»Ja, gewiß«, räumte er bereitwillig ein. »Gewiß doch. Weil man sich nur ungern eingesteht, daß man nicht der ist, für den man sich gehalten hat. Man möchte partout so bleiben, wie man sonst immer gewesen ist, aber das ist unmöglich, wenn man kapituliert. Also kommt man nicht umhin... Und trotzdem, es gibt einen Unterschied. In unserem Jahrhundert erschießt man sich, weil man sich vor den anderen schämt, vor der Gesellschaft, den Freunden... Im vorigen Jahrhundert erschoß man sich, weil man sich vor sich selber schämte. Komisch, aber in unserem Jahrhundert glaubt man, daß der Mensch mit sich selber immer ins reine kommt. So ist es wohl auch. Ich weiß nicht, woran es liegt. Was da vor sich gegangen ist... Vielleicht, weil die Welt komplizierter geworden ist? Weil es außer solchen Begriffen wie Stolz oder Ehre massenhaft andere Dinge gibt, die zur Selbstbestätigung dienen können?«

Er blickte mich abwartend an. Ich zuckte die Achseln. »Ich weiß nicht, vielleicht.«

»Ich weiß es auch nicht«, sagte Gluchow. »Da glaubt man nun, ich als erfahrener Kapitulant, wie lange denke ich schon darüber nach, nur immer darüber, wie viele beweiskräftige Argumente hab ich schon zusammen... Scheinbar hat man sich selber überredet, hat seine Ruhe gefunden – da plötzlich gibt's einen Stich... Natürlich, zwanzigstes Jahrhundert, neunzehntes, ein Unterschied ist schon da. Aber Wunden bleiben Wunden. Sie verheilen, vernarben, du hast sie schon fast vergessen – da schlägt das Wetter um, und sie schmerzen wieder. So ist es immer gewesen, in allen Jahrhunderten.«

»Ich verstehe«, sagte ich. »Verstehe alles. Aber es gibt solche und solche Wunden. Manchmal tun einem fremde mehr weh.«

»Gott bewahre!« flüsterte er. »Darauf will ich doch gar nicht hinaus. Nie würde ich mich unterstehen. Ich sage das nur so. Glauben Sie um Himmels willen nicht, daß ich Ihnen abraten will oder überhaupt etwas raten... Ausgerechnet ich... Wissen Sie, dauernd geht mir durch den Kopf: Solche wie wir – was sind wir bloß für Menschen? Sind wir wirklich so gut erzogen, von unserer Zeit, unserem Land, oder umgekehrt – sind wir ein Atavismus,

Troglodyten? Warum zermarten wir uns so? Die Antwort finde ich nicht.«

Ich schwieg. Gluchow stülpte sich lasch seinen komischen Hut auf.

»Na ja – dann leben Sie wohl, Dmitri Alexejewitsch«, sagte er. »Wir sehen uns gewiß nie wieder. Trotzdem war es mir eine Freude, Sie kennenzulernen. Und Sie machen wirklich ausgezeichneten Tee.«

Er nickte mir zu und setzte sich treppab in Bewegung.

»Nehmen Sie doch den Fahrstuhl«, rief ich ihm nach.

Er drehte sich nicht um, antwortete nicht. Ich stand da und lauschte, wie er die Stufen hinabschlurfte, immer tiefer und tiefer, lauschte so lange, bis sich weit unten knarrend die Haustür öffnete. Dann rumste die Tür zu, und es wurde wieder still.

Ich rückte die Mappe unter meinem Arm zurecht, querte den letzten Treppenabsatz, stieg, mich am Geländer festhaltend, die letzte Treppe hoch. An Wetscherowskis Tür blieb ich stehen und horchte. Er war nicht allein. Ich hörte Stimmen brabbeln. Fremde Stimmen. Wahrscheinlich hätte ich umkehren und später wiederkommen sollen, doch ich war am Ende meiner Kraft. Ich mußte einen Schlußstrich ziehen. Und zwar sofort.

Ich drückte auf den Klingelknopf. Die Stimmen brabbelten weiter. Nach einer Weile drückte ich wieder und ließ den Knopf erst los, als ich Schritte vernahm und Wetscherowskis Stimme fragte:

»Wer ist da?«

Ich war nicht einmal überrascht, obwohl Wetscherowski sonst immer unbesehen jedem öffnete und nie fragte. Genau wie ich. Wie alle meine Bekannten.

»Ich bin's. Mach auf.«

»Ja, gleich«, sagte er, und eine Zeitlang herrschte Stille.

Das Gebrabbel war nicht mehr zu hören, nur weiter unten rumorte jemand mit der Müllschluckerluke. Mir fiel ein, daß Gluchow gesagt hatte, ich solle nicht hierhergehen. »Gehen Sie da nicht hin, Mr. Wormold. Man hat vor, Sie zu vergiften.« Woraus ist das? Klingt sehr bekannt ... Ach, unwichtig. Wohin soll ich denn sonst? Und Zeit ist auch keine mehr. Jenseits der Tür näherten sich wieder Schritte, das Schloß klickte, die Tür öffnete sich.

Unwillkürlich zuckte ich zusammen, wich einen Schritt zurück. So sah ich Wetscherowski zum erstenmal.

»Komm rein«, sagte er heiser und trat zur Seite ...

Elftes Kapitel

21

...»Hast es mir doch gebracht«, sagte Wetscherowski.

»Bobka«, erwiderte ich und legte die Mappe auf den Tischrand.

Er nickte und schmierte mit der schmutzigen Hand auf der schmutzigen Wange den Ruß breit.

»Ich hab es erwartet«, sagte er. »Allerdings nicht so bald.«

»Ist noch wer da?« fragte ich mit gedämpfter Stimme.

»Nein«, entgegnete er. »Wir sind allein. Wir beide und das All.« Er blickte auf seine schmutzigen Hände und runzelte die Stirn. »Entschuldige, ich will mich doch erst waschen.«

Er entfernte sich. Ich setzte mich auf die Sessellehne und hielt Umschau. Im Zimmer sah es aus, als sei dort eine Ladung Schwarzpulver explodiert. Schwarze Rußflecken an den Wänden, dünne Rußfädchen in der Luft. Die Decke scheußlich gelb gefleckt. Scheußlicher, ätzend saurer Chemiegestank. Das Parkett durch merkwürdige runde Löcher verschandelt. Eine große verkohlte Stelle auf dem Fensterbrett – als wenn dort jemand Feuer gemacht hätte. Ja, Wetscherowski hatte man übel mitgespielt.

Ich blickte auf den Schreibtisch. Er war vollgepackt. In der Mitte sah ich aufgeschlagen eine der riesigen Manuskriptmappen Waingartens, daneben die andere, noch zugebunden. Außerdem lag da eine zerschlissene altmodische Mappe mit marmoriertem Deckel und maschinebeschriftetem Aufkleber: »USA – Japan. Kulturelle Einflüsse. Materialien.« Dazwischen lose Blätter, auf denen ich elektronische Schaltbilder zu erkennen glaubte; auf einem stand in zittrigen Buchstaben, wie von Greisenhand: »Gubar, S.S.« und darunter in Druckschrift: »Fadings.« Ganz am Rand lag meine eigene Mappe, schön neu und weiß. Ich nahm sie und legte sie mir aufs Knie.

Das Geplätscher im Badezimmer hörte auf, und einen Augenblick später rief Wetscherowski: »Dima, komm her! Wir wollen Kaffee trinken.«

Doch als ich die Küche betrat, war dort nichts von Kaffee zu sehen. Auf dem Tisch standen eine Flasche Kognak und zwei Schwenker von exklusiver Form. Wetscherowski hatte sich nicht nur gewaschen, sondern auch umgezogen. Sein hochelegantes

Jackett mit dem großen Brandloch unter der Brusttasche und die rußgeschwärzte cremefarbene Hose hatte er gegen einen Hausanzug aus weichem Wildleder vertauscht. Ohne Schlips. Sein frischgewaschenes Gesicht war ungewöhnlich blaß, weshalb die zahllosen Sommersprossen noch mehr ins Auge sprangen als sonst, eine nasse rote Strähne hing ihm in die gewaltige höckrige Stirn. Außer der Blässe schien mir noch etwas in seinem Gesicht ungewöhnlich. Erst bei genauerem Hinsehen entdeckte ich, daß seine Brauen und Wimpern stark versengt waren. Ja, Wetscherowski hatte man übel mitgespielt.

»Zur Beruhigung der Nerven«, sagte er und schenkte uns Kognak ein. »Wohlsein!«

Es war Achtamar, ein in unseren Breiten sehr seltener armenischer Kognak mit Legende. Ich trank einen Schluck und ließ ihn auf der Zunge zergehen. Ausgezeichnet. Ich trank noch einen Schluck.

»Du stellst keine Fragen«, sagte Wetscherowski und blicke mich durch sein Kognakglas an. »Es ist wohl schwer? Oder nicht?«

»Nein«, sagte ich. »Ich hab keine Fragen. An niemand.« Ich stütze den Ellbogen auf meine weiße Mappe. »Dafür hab ich eine Antwort. Eine einzige ... Hör mal, sie bringen dich um.«

Gewohnheitsmäßig die Brauen – die versengten – hochziehend, trank er einen Schluck.

»Wohl kaum. Sie schießen daneben.«

Eines Tages treffen sie.«

»À la guerre comme à la guerre«, hielt er mir entgegen und erhob sich. »Na also. Jetzt sind die Nerven beruhigt, und wir können einen Kaffee trinken und alles besprechen.«

Ich blickte auf seinen gebeugten Rücken, die Schulterblätter, die sich bewegten, während er flink mit seinen Kaffeeutensilien hantierte.

»Ich hab nichts zu besprechen«, sagte ich. »Ich hab Bobka.«

Und diese meine eigenen Worte betätigten in mir eine Art Schalter. Seit ich das Telegramm gelesen hatte, waren alle meine Gedanken und Gefühle gleichsam narkotisiert gewesen, doch nun wich die Betäubung von ihnen, und sie kamen wieder voll in Gang – schlagartig kehrten Grauen, Scham, Verzweiflung, das Gefühl der Ohnmacht zurück, und mit unerträglicher Klarheit wurde mir bewußt, daß von nun an zwischen mir und Wetscherowski ein Bannstrich aus Flammen und Rauch gezogen war, vor dem ich für immer stehenbleiben mußte, während Wetscherowski weiterging. Er würde weitergehen durch die Detonationen, den Staub und Dreck mir unbekannter Schlachten, würde im giftroten Feuerschein untertauchen, und wenn wir uns zufällig auf der Treppe träfen, würden wir uns kaum noch grüßen … Ich jedoch blieb diesseits des Strichs, zusammen mit Waingarten, Sachar und Gluchow – um Teechen, Bierchen oder auch Wodka mit Bier zu trinken, um über Intrigen und Umstellungen zu schwatzen, Geld für einen Saporoshez zu sparen und angeödet über irgendeiner Planaufgabe zu hocken. Nicht einmal Waingarten und Sachar würde ich wiedersehen. Wir hätten uns nichts mehr zu sagen, jede Begegnung wäre peinlich, vom gegenseitigen Anblick würde einem übel, und man müßte Wodka oder Portwein kaufen, um das peinliche Gefühl und die Übelkeit zu unterdrücken. Natürlich, ich hätte Irka, und Bobka wäre gesund und munter, doch nie könnte ich ihn zu einem solchen Menschen erziehen, wie ich es gern gewollt hätte. Denn ich hätte kein Recht mehr, es zu wollen. Und Bobka könnte nie mehr auf mich stolz sein. Für ihn wäre ich bloß noch der Papa, »der auch mal eine große Entdeckung hätte machen können, aber deinetwegen …« Verflucht sei der Augenblick, als in meinem blöden Schädel diese verdammten M-Kavernen auftauchten!

Wetscherowski servierte mir ein Täßchen Kaffee und nahm mir gegenüber Platz. Mit einer exakten, geschmeidigen Bewegung kippte er sich den Rest seines Kognaks in den Kaffee.

»Ich gedenke, Leningrad zu verlassen«, sagte er. »Vom Institut werde ich mich sehr wahrscheinlich trennen. Ich verziehe mich weit weg, auf den Pamir. Dort werden Meteorologen für den Herbst und den Winter gesucht.«

»Was verstehst denn du von Meteorologie?« fragte ich nicht gerade tiefsinnig und dachte: *Davor* kannst du dich auf keinem Pamir der Welt verkriechen.

»Kinderspiel«, widersprach Wetscherowski laut. »Dafür braucht man keine besondere Qualifikation.«

»Dummes Zeug«, sagte ich.

»Konkret was?« fragte Wetscherowski.

»Dein Unterfangen.« Ich blickte ihn nicht an. »Wer hat was davon, wenn du dich aus einem großen Mathematiker in einen einfachen Wärter verwandelst? Glaubst du, dort finden sie dich nicht? Im Handumdrehen!«

»Und was schlägst du vor?« fragte Wetscherowski.

»Schmeiß alles in den Müllschlucker«, sagte ich mit klammer Zunge. »Waingartens Revertase, diesen ganzen Kulturaustausch und das da ...« Ich schob ihm über den glatten Tisch meine Mappe hin. »Schmeiß es weg und befaß dich mit deinem eigenen Kram!« Schweigend blickte er mich durch die mächtigen Linsen an, blinzelte mit den versengten Wimpern. Dann zog er die Brauenreste auf die Augen runter – starrte in sein Täßchen.

»Du bist doch ein einmaliger Fachmann«, sagte ich. »Führend in Europa!«

Wetscherowski schwieg.

»Du hast doch deine Arbeit!« brüllte ich, wobei ich einen Kloß im Hals aufsteigen fühlte. »Arbeite! Arbeite, zum Donnerwetter noch mal! Wozu mußt du dich mit uns abgeben?«

Wetscherowski seufzte tief und lange, drehte mir die Seite zu und lehnte Rücken und Nacken an die Wand.

»Du hast es also nicht verstanden, immer noch nicht«, sagte er langsam, und in seiner Stimme schwang verblüffende, völlig unangebrachte Genugtuung. »Meine Arbeit ...« Ohne den Kopf zu wenden, schielte er mit einem rotblonden Auge zu mir. »Für meine Arbeit beharken sie mich schon die zweite Woche. Ihr habt nicht das geringste damit zu tun, ihr, meine armen Häschen, ihr Lämmerschwänzchen. Na, ich kann mich doch ganz schön beherrschen – nicht?«

»Hol dich der Teufel!« sagte ich und stand auf, um zu gehen.

»Setz dich!« sagte er streng, und ich setzte mich.

»Gieß dir Kognak in den Kaffee«, sagte er, und ich goß.

»Trink«, sagte er, und ich trank das Täßchen leer, ohne den Geschmack zu spüren.

»Angeber!« sagte ich. »Du hast was von Waingarten.«

»Stimmt«, pflichtete er mir bei. »Und nicht bloß von Waingarten. Auch von dir, von Sachar, von Gluchow ... Am meisten von Gluchow.« Er goß sich vorsichtig Kaffee nach. »Am meisten von Gluchow«, wiederholte er. »Der Drang nach einem ruhigen Leben, ohne Verantwortung ... Werden wir zu Gras und Sträuchern, zu Wasser und Blumen ... Du ärgerst dich wohl über mich?«

»Ja«, sagte ich.

Er nickte.

»Verständlich. Aber so bin ich nun mal. Trotz allem möchte ich dir erklären, was gespielt wird. Du stellst dir wohl vor, ich will mit bloßen Händen auf einen Panzer los. Nichts dergleichen. Wir haben es mit einem Naturgesetz zu tun. Gegen ein Naturgesetz kämpfen ist dumm. Aber vor einem Naturgesetz kapitulieren ist schmählich und letzten Endes nicht minder dumm. Naturgesetze muß man erforschen, und wenn man sie erforscht hat, nutzen. Nur so kann man die Sache anpacken. Und genau das will ich tun.«

»Versteh ich nicht«, sagte ich.

»Wir halten das Weltgebäude seit eh und je für extrem menschenunähnlich. Wir sind es nicht gewohnt, daß sich Naturgesetze auf so seltsame Weise äußern. Die Natur schlägt mit Strom, brennt mit Feuer, überschüttet mit Steinen, verdirbt mit Pest. Das Weltgebäude äußert sich in Feldern und in Kräften, in Kraftfeldern. Wir sind es nicht gewohnt, in rothaarigen Wichten und liebestollen Frauen Waffen der Natur zu sehen. Kaum treten rothaarige Wichte auf den Plan, schon glauben wir, daß keine Naturgewalten, sondern irgendeine Vernunft, Gesellschaft, Zivilisation die Hand im Spiel hat. Schon möchten wir bezweifeln, daß der Gott der Natur zwar heimtückisch, aber nicht bösartig ist. Und sind drauf und dran zu glauben, die stillen Geheimnisse der Natur seien lediglich so etwas wie Juwelen in einem Banksafe, der mit modernsten technischen Mitteln gegen Einbruch gesichert ist, und nicht die tief im Verborgenen schlummernden Schätze, für die wir sie sonst immer gehalten haben. Und alles bloß deshalb, weil wir nie zuvor von Feldern gehört haben, zu deren Quanten ein rothaariger Wicht im Leichenanzug gehört. Aber solche Felder existieren, wie es sich zeigt. Das muß man begreifen und akzeptieren. Vielleicht ist das der Grund, warum wir alle, wie wir sind... Warum wir alle nach einer ›ausreichend verrückten Theorie‹ gesucht haben. Bitte, da ist sie...« Er seufzte und blickte mich an. »Was mit uns geschieht, ist eine Art Tragödie. Aber es ist auch eine Entdeckung. Es ist die Möglichkeit, das Weltgebäude aus einem völlig neuen Blickwinkel zu betrachten. Versuch bitte, das zu verstehen.

Bisher, vor uns, hat sich dieses Naturgesetz nie geäußert. Vielmehr: wir wissen nichts davon. Obwohl Newton vielleicht nicht zufällig in die Deutung der Apokalypse verfiel und Archimedes nicht zufällig von einem betrunkenen Soldaten niedergemetzelt wurde... Natürlich sind das nur Mutmaßungen. Zum Unglück äußert sich dieses Gesetz nur in der einen Form, nämlich als unerträglicher Druck. Als Druck, der Seele, ja Leben bedroht. Aber so ist es nun mal. Im Grunde ist das gar nicht so einmalig in der Geschichte der Wissenschaft. Ähnlich war es bei der Erforschung der Radioaktivität, der Gewitterentladungen, auch bei der Lehre von der Häufigkeit bewohnter Welten ... Vielleicht gelingt es mit der Zeit, diesen Druck auf weniger prekäre Bereiche umzulenken und am Ende gar für unsere Zwecke zu nutzen. Aber vorläufig ist da nichts zu machen, wir müssen etwas riskieren – wieder einmal, nicht zum ersten- und nicht zum letztenmal in der Geschichte der Wissenschaft. Ich möchte, daß du verstehst: An dieser Situation ist nichts prinzipiell Neues und Ungewöhnliches.«

»Wozu muß ich das verstehen?« fragte ich düster.

»Ich weiß nicht. Vielleicht wird dir dann leichter. Außerdem möchte ich dir noch eins sagen: Es kommt nicht auf einen Tag an, ja auch nicht auf ein Jahr. Meines Erachtens nicht mal auf ein Jahrhundert. Wir brauchen uns nicht zu beeilen.« Er lachte bitter. »Vor uns liegen Milliarden Jahre. Aber anfangen kann und muß man jetzt. Und du ... Du brauchst nur etwas zu warten. Bis Bobka groß ist. Bis du dich an diesen Gedanken gewöhnt hast. Zehn, zwanzig Jahre, was spielt das für eine Rolle.«

»Natürlich spielt es eine«, sagte ich, wobei ich auf meinem Gesicht ein widerwärtiges Grinsen spürte. »Zehn Jahre später bin ich zu nichts mehr nütze. Und zwanzig Jahre später ist mir alles scheißegal.«

Er erwiderte nichts, zuckte die Achseln und stopfte seine Pfeife. Wir schwiegen ... Ja, natürlich, er wollte mir helfen. Eine Perspektive zeigen, beweisen, daß ich gar nicht so feige bin und er gar kein Held. Daß wir schlicht und einfach zwei Wissenschaftler sind, denen ein Thema angeboten wird, doch aus rein objektiven Gründen kann er sich dem Thema gleich widmen, ich hingegen nicht. Aber leichter wurde mir keinesfalls. Wieso denn auch. Wetscherowski zöge auf den Pamir, würde sich mit Waingartens Revertase und Sachars Fadings, mit seiner kniffligen Mathematik und all dem übrigen Zeug herumschlagen, man würde ihn mit Kugelblitzen bombardieren, ihm Gespenster auf den Hals schikken, halberfrorene Alpinisten und namentlich Alpinistinnen zu ihm führen, ihn mit Lawinen überschütten, rings um ihn Zeit und Raum verzerren, bis er schließlich durchdreht. Oder auch nicht. Dann ergründet er vielleicht die Gesetzmäßigkeiten, die ihn mit Kugelblitzen und erfrorenen Alpinistinnen drangsalieren ... Aber vielleicht wird es auch ganz anders sein, vielleicht wird er still und unbehelligt über unseren Krakeln hocken und rauszukriegen suchen, wo, in welchem Punkt sich die Schlußfolgerungen aus der M-Kavernen-Theorie mit den Schlußfolgerungen aus der quantitativen Analyse des kulturellen Einflusses der USA auf Japan überschneiden, und der Schnittpunkt wird gewiß sehr merkwürdig sein, und es ist sehr wohl möglich, daß er in diesem Punkt den Schlüssel zum Verständnis dieses ganzen unheilvollen Mechanismus findet, mag sein, sogar den Schlüssel zu seiner Steuerung... Und ich, ich bleibe zu Hause, hole morgen Bobka nebst Schwiegermutter ab, und wir gehen allesamt Bücherregale kaufen.«

»Sie machen dich dort kalt«, sagte ich mutlos.

»Nicht unbedingt«, widersprach er. »Und außerdem – ich bin dort nicht allein... Und nicht bloß dort... Und nicht bloß ich...«

Wir blickten einander in die Augen, und hinter seinen dicken Brillengläsern sah ich weder Spannung noch falschen Schneid, noch flammenden Opfermut – nur rotblonde Ruhe und rotblonde Überzeugung, daß alles so und nur so sein müsse.

Wetscherowski schwieg, mir jedoch schien es, als spreche er weiter. Wir können uns Zeit lassen, sagte er. Bis zum Weltuntergang sind es Milliarden Jahre, sagte er. In Milliarden Jahren kann man viel, sehr viel schaffen, wenn man nicht aufgibt und begreift, begreift und nicht aufgibt. Und außerdem schien mir, als sage er: »Er konnte Papier bekritzeln beim Kerzengeknister! Er wußte, wofür er starb an der Schwarzen Rüster.« Und in Gedanken hörte ich sein zufriedenes Kollern – das Wellssche Marsmenschengekoller.

Da schlug ich die Augen nieder. Ich saß zusammengekrümmt, preßte mit beiden Händen meine weiße Mappe an den Bauch und wiederholte für mich – zum zehnten-, zum zwanzigstenmal: »Seither dehnen sich vor mir Umwege, öde und krumm...«

Ende der Handschrift

Juli bis Dezember 1974

Phantastische Bibliothek
in den Suhrkamp Taschenbüchern
Eine Auswahl

Aldiss, Brian W.: Der unmögliche Stern. Science-fiction-Geschichten. Aus dem Englischen von Rudolf Hermstein. st 834

Babits, Mihály: Der Storchkalif. Phantastischer Roman. Aus dem Ungarischen von Stefan J. Klein. st 976

Ballard, J. G.: Billennium. Science-fiction-Erzählungen. Aus dem Englischen von Alfred Scholz und Michael Walter. st 896

– Hallo Amerika! Science-fiction-Roman. Aus dem Englischen von Rudolf Hermstein. st 895

– Kristallwelt. Science-fiction-Roman. Deutsch von Margarete Bormann. st 818

– Mythen der nahen Zukunft. Science-fiction-Erzählungen. Aus dem Englischen von Franz Rottensteiner. st 1167

– Der vierdimensionale Alptraum. Science-fiction-Erzählungen. Aus dem Englischen von W. Eisermann. st 1014

– Die Zeitgräber und andere phantastische Erzählungen. Aus dem Englischen von Charlotte Franke. st 1082

Becher, Martin Roda: Nachwelt. Phantastische Erzählungen. st 1041

Bierce, Ambrose: Das Spukhaus. Gespenstergeschichten. Deutsch von G. Günther, A. Strauß und K. B. Leder. st 365

Bioy Casares, Adolfo: Morels Erfindung. Phantastischer Roman. Aus dem Spanischen von Karl August Horst. Mit einem Nachwort von Jorge Louis Borges. st 939

Blackwood, Algernon: Besuch von Drüben. Gruselgeschichten. Deutsch von F. Polakovics. st 411

– Der Griff aus dem Dunkel. Gespenstergeschichten. Deutsch von F. Polakovics. st 518

Braun, Johanna u. Günter: Der Fehlfaktor. Utopisch-phantastische Erzählungen. st 687

– Unheimliche Erscheinungsformen auf Omega XI. st 646

– Das kugeltranszendentale Vorhaben. Phantastischer Roman. st 948

– Der x-mal vervielfachte Held. Phantastische Erzählungen. st 1137

Bulwer-Lytton, Edward: Das kommende Geschlecht. Roman. st 609

Buzzati, Dino: Die Maschine des Aldo Christofari und andere phantastische Erzählungen. Herausgegeben von Kalju Kirde. st 1175

Chesterton, G. K.: Der Held von Notting Hill. Phantastischer Roman. Aus dem Englischen von Manfred Georg. Herausgegeben und mit einem Nachwort versehen von Carl Amery. st 1174

Dick, Philip K.: LSD-Astronauten. Deutsch von Anneliese Strauß. st 732

52/1/8.86

Phantastische Bibliothek
in den Suhrkamp Taschenbüchern
Eine Auswahl

Franke, Herbert W.: Der Atem der Sonne. Science-fiction-Erzählungen. st 1265
– Endzeit. Science-fiction-Roman. st 1153
– Die Kälte des Weltraums. Science-fiction-Roman. st 990
– Schule für Übermenschen. st 730
– Tod eines Unsterblichen. Science-fiction-Roman. st 772
– Transpluto. Science-fiction-Roman. st 841
– Zarathustra kehrt zurück. st 410

Gautier, Théophile: Avatar. Zwei phantastische Romane. Aus dem Französischen von Alastair. st 1161

Grin, Alexander: Der Rattenfänger. Phantastische Erzählungen. Herausgegeben und mit einem Nachwort von Lola Debüser. st 1239

Hodgson, William Hope: Das Haus an der Grenze und andere phantastische Erzählungen. Deutsch von Traude Dienel. st 1089

Horstmann, Ulrich: Das Glück von OmB'assa. Phantastischer Roman. st 1088

Lao She: Die Stadt der Katzen. Phantastischer Roman. Aus dem Chinesischen übersetzt und mit einem Nachwort versehen von Volker Klöpsch. st 1154

Le Fanu, Sheridan: Maler Schalken und andere Geistergeschichten. Deutsch von Friedrich Polakovics. Mit einem Nachwort von Rein A. Zondergeld. st 923

Lem, Stanisław: Also sprach GOLEM. Aus dem Polnischen von Friedrich Griese. st 1266
– Altruizin und andere kybernetische Beglückungen. Der Kyberiade zweiter Teil. Aus dem Polnischen von Jens Reuter. st 1215
– Der futurologische Kongreß. Deutsch von I. Zimmermann-Göllheim. st 534
– Imaginäre Größe. Aus dem Polnischen von C. Rymarowicz und J. Reuter. st 658
– Memoiren, gefunden in der Badewanne. Deutsch von W. Tiel. Mit einer Einleitung des Autors. st 508
– Mondnacht. Hör- und Fernsehspiele. Aus dem Polnischen übersetzt von Klaus Staemmler, Charlotte Eckert, Jutta Janke und I. Zimmermann-Göllheim. st 729
– Nacht und Schimmel. Erzählungen. Deutsch von I. Zimmermann-Göllheim. st 356
– Die Ratte im Labyrinth. Ausgewählt von Franz Rottensteiner. Aus dem Polnischen von Roswitha Buschmann, Caesar Rymarowicz und Klaus Staemmler. st 806

52/2/8.86

Phantastische Bibliothek in den Suhrkamp Taschenbüchern Eine Auswahl

– Robotermärchen. Aus dem Polnischen übersetzt von I. Zimmermann-Göllheim. st 856
– Der Schnupfen. Kriminalroman. Deutsch von K. Staemmler. st 570
– Die Untersuchung. Kriminalroman. Deutsch von J. Reuter und H. J. Mayer. st 453
– Wie die Welt noch einmal davonkam. Der Kyberiade erster Teil. st 1181

Levett, Oswald: Verirrt in den Zeiten. Roman. st 1282

Lovecraft, H. P.: Berge des Wahnsinns. st 220
– Cthulhu. Geistergeschichten. Deutsch von H. C. Artmann. Vorwort G. Manganelli. st 29
– Das Ding auf der Schwelle. Unheimliche Geschichten. Deutsch von R. Hermstein. st 357
– Die Katzen von Ulthar. st 625
– Stadt ohne Namen. Deutsch von Charlotte Gräfin von Klinckowstroem. Mit einem Nachwort von Dirk Mosig. st 694

Madsen, Svend Åge: Dem Tag entgegen. Utopischer Roman. Aus dem Dänischen von H. Schröder. st 1020

Maupassant, Guy de: Die Totenhand und andere phantastische Erzählungen. Aus dem Französischen v. W. Widmer u. a. st 1040

Maximovič, Gerd: Das Spinnenloch und andere Science-fiction-Erzählungen. st 1035

Mercier, Louis-Sébastien: Das Jahr 2440. Ein Traum aller Träume. Deutsch von Christian Felix Weiße (1772). Herausgegeben, mit Erläuterungen und einem Nachwort versehen von Herbert Jaumann. st 676

Nesvadba, Josef: Die absolute Maschine. Science-fiction-Erzählungen. Aus dem Tschechischen von Erich Bertleff. st 961

Phantastische Aussichten. Ein Querschnitt durch die Phantastische Bibliothek. Herausgegeben von Franz Rottensteiner. st 1188

Phantastische Träume. Herausgegeben von Franz Rottensteiner. st 954

Phantastische Welten. Erzählungen der Phantastischen Bibliothek. Herausgegeben von Franz Rottensteiner. st 1068

Poe, Edgar Allan: Der Fall des Hauses Ascher. Deutsch von A. Schmidt und H. Wollschläger. st 517

Polaris 9. Ein Science-fiction-Almanach. Herausgegeben von Franz Rottensteiner. st 1168

Polaris 10. Ein Science-fiction-Almanach. Arkadi und Boris Strugatzki gewidmet. Herausgegeben von Franz Rottensteiner. st 1248

52/3/8.86

Phantastische Bibliothek in den Suhrkamp Taschenbüchern Eine Auswahl

Ray, Jean: Die Gasse der Finsternis. Phantastische Erzählungen. Aus dem Französischen von W. Thaler. st 1034

Schattschneider, Peter: Zeitstopp. Science-fiction-Geschichten st 819

Scheerbart, Paul: Die große Revolution. Ein Mondroman und Jenseitsgalerie. st 1182

Slonimski, Antoni: Der Zeittorpedo. Phantastischer Roman. Aus dem Polnischen v. K. Staemmler. st 1028

Smith, C. A., Der Planet der Toten. Phantastische Erzählungen. Aus dem Amerikanischen von Friedrich Polakovics. st 864

Sörensen, Villy: Tiger in der Küche und andere ungefährliche Geschichten. Aus dem Dänischen von Ellen de Boor. st 1130

Strugatzki, Arkadi und Boris: Fluchtversuch. Science-fiction-Roman. Aus dem Russischen von Dieter Pommerenke. st 872

– Die häßlichen Schwäne. Science-fiction-Roman. Deutsche Übertragung von Hans Földeak. st 1275

– Ein Käfer im Ameisenhaufen. Science-fiction-Roman. Aus dem Russischen von Erik Simon. st 1160

– Picknick am Wegesrand. Aus dem Russischen von A. Möckel. st 670

Szilard, Leo: Die Stimme der Delphine. Utopische Science-fiction-Erzählungen. Mit einem Vorwort von Carl Friedrich von Weizsäcker. st 703

Telles, Lygia Fagundes: Die Struktur der Seifenblase. Unheimliche Erzählungen. Aus dem brasilianischen Portugiesisch von Alfred Opitz. st 932

Villiers de l'Isle-Adam, Jean-Marie: Grausame Geschichten. Aus dem Französischen von Helene und Herbert Kühn. st 1095

Weisser, Michael: DIGIT. Science-fiction-Roman. st 873

– SYN-CODE-7. Science-fiction-Roman. st 764

Whitehead, Henry, S.: Der Zombie und andere westindische Geistergeschichten. Ausgewählt von Kalju Kirde. Deutsch von Friedrich Polakovics. st 1255

Wolfkind, Peter Daniel: Die Boten des Frühlings. Phantastische Erzählungen. st 1230

Zulawski, Jerzy: Auf dem Silbermond. Science-fiction-Roman. Aus dem Polnischen von Edda Werfel. Mit einem Vorwort von Stanisław Lem. st 865

52/4/8.86

suhrkamp taschenbücher
Eine Auswahl

Abish: Wie deutsch ist es 1135
Achternbusch: Alexanderschlacht 1232
- Die Atlantikschwimmer 1233
- Die Olympiasiegerin 1031
- 1969 1231
Adorno: Erziehung zur Mündigkeit 11
- Studien zum autoritären Charakter 107
Aitmatow: Der weiße Dampfer 51
Alain: Die Pflicht, glücklich zu sein 859
Alberti: Der verlorene Hain 1171
Alegría: Die hungrigen Hunde 447
Anders: Erzählungen. Fröhliche Philosophie 432
Ansprüche. Verständigungstexte von Frauen 887
Ansprüche. Verständigungstexte von Männern 1173
Antonioni: Zabriskie Point 1212
Arendt: Die verborgene Tradition 303
Armstrong: Kiss Daddy Goodnight 995
Artmann: The Best of H. C. Artmann 275
- Gedichte über die Liebe 1033
Augustin: Eastend 1176
Ba Jin: Die Familie 1147
Bachmann: Malina 641
Ball: Hermann Hesse 385
Ballard: Billenium 896
- Die Dürre 975
- Hallo Amerika! 895
- Das Katastrophengebiet 924
- Mythen der nahen Zukunft 1167
- Der tote Astronaut 940
Barnet: Das Lied der Rachel 966
Baur: Überleben 1098
Beach: Shakespeare and Company 823
Beck: Krankheit als Selbstheilung 1126
Becker, Jürgen: Die Abwesenden 882
Becker, Jurek: Aller Welt Freund 1151
- Irreführung der Behörden 271
- Jakob der Lügner 774
Beckett: Der Ausgestoßene 1006
- Endspiel 171
- Glückliche Tage 248
- Malone stirbt 407
- Der Namenlose 546
- Warten auf Godot 1
- Wie es ist 1262
Behrens: Die weiße Frau 655
Beig: Hochzeitslose 1163
- Rabenkrächzen 911
Bender: Der Hund von Torcello 1075
Benjamin: Deutsche Menschen 970
- Illuminationen 345
Benjamin/Scholem: Briefwechsel 1211
Berkéwicz: Josef stirbt 1125
Bernhard: Frost 47
- Gehen 5
- Der Kulterer 306
Bertaux: Hölderlin 686
Beti: Perpétue und die Gewöhnung ans Unglück 677
Bierce: Das Spukhaus 365
Bioy Casares: Die fremde Dienerin 962
- Morels Erfindung 939

2/3/8.86

2/4/8.86

2/5/8.86

2/6/8.86

2/7/8.86